종말이 차오르는 중입니다

서윤빈 연작소설집

줄거리 찾으로는 줄입니다

열림원

https://blackburn.volumetric.website/
인터랙티브 콘텐츠 크리에이터 멍청한연구소(sillyLab)가 소설 속 세계를 재해석했습니다.
QR 코드를 스캔하여 또 다른 차원을 경험해 보세요.

차례

게	7
농담이 죽음이 아니듯 우리는 땀 대신 눈물을 흘리는데	41
트러블 리포트	81
애로 역설이 성립할 때 소망의 불가능성	117
리버사이드 아파트 여름맞이 안전 유의 사항	171
생물학적 동등성	179
생물학적 동등성	219
	*
작가의 말	267

게

▶▶

  나는 조개껍데기 모양의 물주머니 안에 둥둥 떠 있다. 내게는 눈도 없고 귀도 없으나 그렇기에 온몸으로 세계를 받아들인다. 내 세계는 당신의 기억이다. 당신이 잊었거나 꿈이라고 여길 뿐인 기억들. 어디선가 들은 이야기와 뒤섞여 이제는 당신의 일이었다는 사실조차 희미해진 기억들. 그것들을, 나는 당신을 대신해 기억한다. 꼬리와 아가미궁이 사라지고 뇌가 인지를 지배하기 시작하면 나도 당신처럼 이 모든 기억을 잊겠지만, 그전까지 나는 온몸으로 박동한다. 목어를 두드리듯이 똑, 똑, 똑, 똑…… 당신이 잊은 것들을 떠올린다.

다음은 당신이 기억하지 못하는 올여름의 일이다.

다시 끔찍한 새벽이 찾아왔다. 당신은 알람을 맞추지 않지만 늘 비슷한 시간에 눈을 뜬다. 이불 속에 고인 어머니의 냄새가 가장 고약해지는 시간이다. 어머니가 물고기처럼 입을 벌리고 꺽꺽거리고 있다. 당신은 어머니의 입을 닫아 준 뒤, 조심스럽게 이불 밖으로 빠져나간다. 어머니가 굼틀굼틀 이불 한가운데를 차지한다. 당신은 멍하니 서서 그 모습을 내려다본다. 당신은 언제까지고 어머니에게 적응할 수 없을 것만 같다.

당신은 양치하며 일기예보를 본다. 당신이 관심을 두는 유일한 뉴스다. 요즘엔 뉴스가 끝날 때까지 기다리지 않아도 일기예보만 편집한 영상을 볼 수 있어 편리하다. 피부가 매끈한 아나운서가 서울에 엄청난 비가 내릴 예정이라고 말한다. 뒤이어 등장한 기상학자는 몇백 년 만의 폭우일 거라며 떠들어 댄다. 그러나 당신은 이미 몇 년째 뉴스에서 같은 말을 하고 있다는 걸 기억한다. 어쩌면 뉴스 제작자들은 떨어지는 시청률에 지쳐 이젠 어항 속 금붕어들 말고는 아무도 뉴스를 보지 않는다고 믿기 시작했는지도 모른다. 아니면 그들 스스로가 금붕어나 다름없거나.

화면은 물에 잠긴 도시의 모습을 비춘다. 이런저런 쓰레기들이 검은 물 위에 둥둥 떠서 어디로도 가지 못하고 있다. 물은 엄청난 속도로 흘러 다녔지만, 아무것도 바꿀 힘이 없어 보인다. 마치 자기는 단지 결과에 불과하다는 듯이. 당신은 도시에 고인 물을 보며 양칫물을 뱉는다. 회색 거품이 낀 더러운 물이 한동안 세면대에 남아 있다가 사라진다.

뉴스에는 다른 이야기들도 나온다. 작년에는 폭우를 틈타 쓰레기를 무단 투기하는 사람들이 있었다는 소문. 물에 유독성 물질이 섞여 들어 피부에 닿으면 위험할 수도 있다는 과학자의 인터뷰. 도시를 뒤덮은 물이 빠지자 도로 위에 부서진 조개껍데기들이 잔뜩 있었다는 시민들의 증언. 네시나 크라켄 따위가 도시에 출몰했다고 주장하는 해상도 낮은 영상들.

작은방 안에서 뉴스를 보는 당신에게 그것들은 마치 다른 세계의 이야기처럼 들린다. 창밖 풍경은 어둡기는 해도 빗줄기는 전혀 보이지 않는다. 당신은 오늘을 좋은 기회라고 여긴다. 배달 중개 애플리케이션을 실행하자 일기예보는 화면 뒤편으로 밀려나 목소리로만 떠들어 댄다. 화면 속 배달 요청 목록은 평소와 비슷하지만, 평소의 두 배나 되는 가격이 붙어 있다. 위험 수당은 실제로 위험할 때가 아니라 위험이 예상될 때만 붙는다. 정말로 위험한 날씨에는 배달 주문 자체가 막힌다. 위험수당은 오히려 지금은 안전하다는 방증이다.

— 삭신이 쑤시는데 어딜 가니?

당신이 옷 입는 소리가 어머니를 깨운 모양이다. 문 없는 방에서는 어떤 소리도 숨길 수 없다. 어머니는 몸을 반쯤 일으킨 채 당신을 노려보고 있다. 당신은 컵에 수돗물을 채워 어머니에게 다가간다. 어머니의 이마에 손등을 대 본다. 당신의 체온에 화상을 입지는 않을까 걱정될 만큼 차갑다. 당신은 작은 서랍을 뒤져 약 봉투를 꺼낸다. 어머니는 고개를 젓는다. 홀쭉한 얼굴이 꼬리지느러미처럼 좌우로 흔들린다.

— 빨리 나아야 지하철 타지.

당신은 어머니를 달랜다. 어머니는 당신이 지하철을 발명했다고 믿는다. 어머니가 65세가 되었을 때 당신은 어머니를 데리고 주민 센터에 가서 무임승차권을 만들어 주었다. 어머니는 그날부터 지하철을 타고 공원이나 산이라는 이름이 붙은 역에 가서 산책을 했다. 집에 돌아와서는 하루 동안 무엇을 했는지 당신에게 소상히 이야기했다. 덕분에 호강한다는 말은 아프기 전까지 어머니가 당신에게 가장 많이 하던 말이다. 당신은 종종 어머니가 어떻게 당신을 키워 낼 수 있었는지 의문에 빠진다.

 어머니는 몇 번 더 고개를 젓는다. 하지만 당신이 뒤통수를 단단히 잡고 있어 도망치지 못한다. 어머니가 마침내 입을 벌린다. 당신은 낚싯바늘에 미끼를 끼우듯 알약들을 어머니의 입에 하나씩 물리고, 물을 흘려 넣는다. 어머니가 삼키는 걸 어려워해서 약은 한동안 입안에 둥둥 떠 있다가 간신히 목구멍을 넘어간다. 그런 일이 다섯 번 반복된다.

 ─ 그런 쓸데없는 규칙은 왜 만들었니?

 어머니가 퉁명스럽게 말한다. 어머니는 아픈 사람은 지하철을 탈 수 없는 줄 안다. 아플 땐 집에서 쉬어야 한다고 당신이 신신당부한 것을, 어머니는 그렇게 이해하고 있다. 어머니는 불평불만을 늘어놓다가 곧 잠든다. 약에는 수면제가 포함되어 있다. 어머니는 무슨 꿈을 꾸는지 이렇게 잠꼬대한다.

 ─ 넌 내게 물려줄 게 알약밖에 없니?

 당신은 세상도 어머니처럼 재워 버릴 수 있으면 얼마나 좋을지 상상하다가 피식 웃는다. 모두 잠만 잔다면 당신과 나는 굶어 죽고 말 것이다.

 새벽안개가 깔려 있다. 어둑어둑한 하늘에 구름이 끼어 있긴

하지만 아직 비 냄새는 나지 않는다. 당신은 하루를 점치기 위해 휴대폰을 꺼내 부고를 검색한다. 2022년 한국에서는 372,939명이 죽었다. 하루에 1,000명 정도 죽었다는 뜻이다. 아무도 죽지 않는 하루가 있을 확률은 당신이 한 달 연속으로 로또 1등에 당첨될 확률보다 낮다. 누군가 죽었다는 것은 오늘도 모든 게 정상적으로 계속될 거라는 증거다.

오늘은 아무도 죽지 않았다. 당신은 불길한 예감에 사로잡혀 걸음을 멈춘다. 하지만 곧 다시 걷는다. 누군가 머지않아 죽을 것이다. 아직 새벽이니까 기자들이 출근하지 않은 것뿐이라고 당신은 생각한다. 부고 같은 간단한 기사는 24시간 내내 작동하는 인공지능 프로그램이 자동으로 작성한다는 걸, 당신은 모른다.

당신이 방수포를 걷자 낡은 오토바이가 모습을 드러낸다. 중고로 구매한 당신의 생계 수단이다. 당신은 그 오토바이를 해결책이라고 부른다. 주짓수는 문제의 해결책을 찾는 데 집중하는 것이라는 주짓수 창시자의 말에서 딴 이름이다. 당신은 지난봄부터 주짓수를 배웠고, 오토바이를 구할 때쯤 화이트 벨트를 졸업해 블루 벨트를 달았다. 주우가 축하 케이크를 주었다. 케이크에는 "너랑 있으면 트라이앵글 초크를 당할 때처럼 심장이 빨리 뛰어."라고 적혀 있었다. 당신은 주우의 깃과 벨트를 잡고 엎어 쳤다. 그의 가슴 위에 올라타 마운트 포지션을 잡고, 오토바이의 이름을 해결책으로 하겠노라고 선언했다.

— 누가 오토바이 이름에 그런 말을 써?

주우는 어이없다는 듯 웃었다.

— 누가 여자 친구 축하 케이크에 그런 말을 써?

당신이 말했다. 그날부터 주우는 당신이 해결책과 함께 나타나면 당신의 말에 토 달지 않고 따랐다.

동네를 빠져나가기 위해서는 가파른 오르막을 올라야 한다. 당신의 해결책은 거기서부터 빛을 발한다. 당신은 오르막을 간단히 해결할 수 있다. 당신이 콧노래를 흥얼거리며 오르막을 오르는 그때, 반대편에서 개와 여자가 내려온다. 여자는 마른 몸에 딱 붙는 운동복을 입었고, 개는 여자의 골반에 이마가 닿을 정도로 크다. 개가 당신을 보고 짖는다. 당신의 해결책이 마음에 들지 않는 모양이다. 개는 입마개를 하지 않았다. 목줄을 잡은 여자의 손은 작고 나약해 보인다. 깃조차 제대로 잡지 못할 것 같은 손. 당신은 기술을 사용한다. 우렁찬 배기음과 높이 솟았다가 내려오는 앞바퀴에 개가 화들짝 놀라 여자의 다리 뒤로 숨는다. 여자는 당신을 노려보지만, 당신이 눈을 마주쳐 오자 서둘러 자리를 피한다. 과연 관장의 말처럼 기술은 폭력에 대처하는 가장 좋은 방법이다. 요즘 대학생 사이에 유행한다는 말에 별생각 없이 배운 주짓수였지만, 이런 일을 겪을 때마다 당신은 배우길 잘했다고 생각한다.

가게 안에는 당신 말고도 헬멧을 쓰고 기다리는 사람이 더 있다. 새벽부터 회를 시켜 먹는 사람이 이렇게나 많다는 사실이 이제 당신은 놀랍지 않다. 기다리는 사람들은 대개 말없이 휴대폰만 들여다보고 있다. 몇몇은 문 앞에서 담배를 피운다. 헬멧을 푹 눌러쓰고 있는 폼이 꼭 자기 껍데기 안에 틀어박힌 집게들 같다. 그렇게 기다리다 보면 카운터에 비닐봉지에 싸인 음식이 놓이고 사장이 배달 애플리케이션 이름을 외친다. 누군가 음식을 집어 들고, 사장에게 덕담 한마디를 듣고, 가게를 떠난다. 그게 이곳이 돌아가는 방식이다.

당신은 후무후무누쿠누쿠아푸아아라는 기이한 이름의 음식이 나오기를 기다리면서 주우에게 연락을 남긴다. 주우는 늘 이 시간에 자고 있어서 당신은 병 속에 편지를 넣어 바다에 던지는 듯한 기분이다. 주우가 사는 그곳으로도 물이 흘러들고 해가 뜬다면 답장을 받을 수 있겠지. 그런 엉뚱한 상상을 할 만큼 주우와 당신의 삶은 멀리 떨어져 있다.

주우는 대학에 다닌다. 그는 아침을 힘들어해서 아침 수업은 웬만하면 신청하지 않는다고 했다. 당신은 대학생은 시간표를 직접 짤 수 있는 거냐고 묻는 대신, 생활비를 벌어야 해서 아침 아르바이트를 하고 등교한다고 말했다. 주우는 당신이 직접 생활비를 번다는 걸 대단하게 여겼다. 당신은 주우가 당신을 대단하게 여기는 게 좋았다. 도장 매트같이 딱딱한 싸구러 모텔의 침대 위에 쓰러지며 당신은 암바를 배웠던 날을 떠올렸다. 그때는 아직 주우가 당신의 남자 친구가 아니었다.

— 상대를 확실히 붙잡으려면 가슴에 다리를 올려야 해.

주우가 말했다.

— 좋아하는 사람에게 기술을 걸 수는 없잖아.

당신이 말했다.

— 사랑은 기술이라고 하잖아.

주우가 당신의 손목을 잡고 웃었다. 그의 골반이 몸에 닿았다. 당신은 살짝 몸을 떨었다. 자세를 완전히 잡은 주우가 물었다.

— 누굴 좋아하는데?

— 나를 아프게 하는 사람.

주우가 골반을 찔러 올렸다. 관절이 자연스럽지 않은 방향으로 벌어졌다. 당신은 시큰한 통증을 느꼈다.

관계를 마친 후, 당신은 주우가 혼자 휴지에 마무리하는 걸 봤다. 당신은 언젠가 주워들은 피임법에 따라 뒤로 아홉 걸음을 뛰었다. 도장에서 스트레칭으로 하는 집게 자세처럼 두 손 두 발을 바닥에 대고 폴짝거렸다. 하반신에서 무언가 흘러나오는 느낌이 들었다. 물론 그건 정말로 느낌에 불과했지만, 그래도 최악을 피하기 위해 무언가 할 수 있다는 사실이 당신을 조금이나마 안심시켰다. 화장실에 휴지를 버리고 나오던 주우가 깜짝 놀라 어디 아프냐고 물었다.

— 난 아이에게 물려줄 게 불행밖에 없어.

당신은 대답했다. 주우가 다가와 당신을 안았다. 두 몸이 포개어지며 1호선 노선도 같은 형상이 되었다. 다리에 여전히 부어오른 상태인 주우의 성기가 닿았다.

— 아이를 낳자는 게 아니라, 행복하자고 한 일이야.

모텔에서 제공하는 가운에는 깃과 벨트가 있다. 당신은 주우에게 기술을 걸어 엎어 쳤다. 이건 진지한 대화였다.

— 아이가 행복할 거라는 보장이 없는 한, 출산은 무책임한 짓이야.

그 주장은 당신의 것이 아니라 언젠가 도장 앞에서 여대생들이 나누던 대화였다. 당신은 그 말을 오래 기억했다. 태어날 당사자의 동의를 구할 수 없는 상황에서 그의 심각한 피해 위험을 원천적으로 예방하는 것이 가능한데도 위험을 강요하는 것은 중대한 의무 위반이며 우리에게는 그럴 도덕적 권리가 없다는, 그들이 한 철학 수업에서 배운 내용이었다. 당신은 그들의 말을 이해할 수 없었지만, 느낄 수는 있었다. 평생 당신 주위에서 출렁이던 어떤 음울한 느낌. 그 느낌은 당신과 어머니가 사는 작은 어항 안으로도 조금씩 흘러들어, 어느새 일상을 가득 채운 신념이 되어 있었다. 당신은 어머니가 당신의 불행을 발명했다고 믿는다.

— 내 삭신이 쑤시는데 어떻게 다른 사람의 행복을 바라?

당신은 내가 듣고 있다는 것도 모른 채, 주우 위에 걸터앉아 그렇게 말했다. 주우는 얼떨떨하게 고개를 끄덕였다. 그때, 누군가 문을 두드렸다. 남자 목소리가 들렸다.

— 배민이요!

당신 차례다. 당신은 카운터로 다가간다. 그런데 카운터에는 아무것도 없다. 후무후무누쿠누쿠아푸아아가 뭔지는 몰라도 그게 투명하지는 않을 것이다. 일이 뭔가 잘못 돌아간다는 걸 느낀 당신의 배가 반사적으로 긴장한다. 알고 그러는 건 아니겠지만 숨 막히니까 그러지 않았으면 좋겠다. 사장이 못 미덥다는 듯 당신을 바라본다. 당신은 후무후무누쿠누쿠아푸아아 배달 건을 휴대폰 화면에 띄우고 사장이 볼 수 있도록 내민다. 사장은 꼼꼼히 읽더니 허리를 숙여 무언가를 두 손으로 잡아 꺼낸다. 당신 품 안에 꽉 찰 정도로 큰 생선이 비닐로 둘둘 감겨 있었다. 생선은 도대체 이게 무슨 상황인지 이해가 되지 않는다는 듯 눈알을 뒤룩뒤룩 굴리고 있다. 당황스럽기는 당신도 마찬가지다. 생선은 쭉 튀어나온 입에 두툼한 입술을 가졌다. 살짝 열린 그 입술 사이로 가지런한 치열이 보인다. 마치 사람처럼 생긴 입이다.

사장이 후무후무누쿠누쿠아푸아아를 내민다. 하지만 당신은 섣불리 받지 않는다. 당신이 그걸 받고, 사장이 포스에 그 사실을 입력하면 그때부터는 모든 게 당신 책임이다.

— 후무후무…… 음식이 상할 것 같은데요.

당신은 후무후무누쿠누쿠아푸아아를 받지 않고 말한다. 사장은 한동안 당신을 바라보다가 한숨을 내쉬고는 생선에 랩을 한 장 더 감아 다시 내민다. 상황은 전혀 나아진 것 같지 않다. 오히려 생선이 좀 더 숨쉬기 힘들어 보일 뿐이다. 아가미가 벌렁거릴 때마다 비닐이 꺽꺽 소리를 낸다.

― 죽어도 되니까 그냥 전하기만 하면 돼요.

사장은 그렇게 말한다. 당신은 잠시 고민하다가 휴대폰을 꺼내 사장과 생선을 겨눈다. 사장에게 그 말을 다시 해 달라고 한다. 사장은 순순히 다시 말한다. 당신은 녹화가 잘된 걸 확인하고 생선을 품에 안는다. 생선이 품 안에서 펄떡여 떨어뜨릴 뻔했다. 숨이 막힐 텐데도 생선은 여전히 힘이 좋았다. 당신은 암 트라이앵글 초크로 생선을 제압한다. 덕분에 자세는 안정되었지만, 이제 후무후무누쿠누쿠아푸아아의 두툼한 입술이 당신의 귀 근처에서 뻐끔거린다. 소름이 당신의 몸을 한 번 훑고 지나간다. 내 작은 방에 쓰나미가 인다.

― 고생 많으십니다.

꼭 후무후무누쿠누쿠아푸아아가 그렇게 말하는 것만 같다.

당신은 후무후무누쿠누쿠아푸아아를 탑 박스에 넣고 달린다. 목적지는 30분 거리의 고급 아파트다. 분명 간단히 해결할 수 있는 일일 터였다. 그런데 10분쯤 달리자 갑자기 천둥이 치더니 비가 내리기 시작한다. 얇은 빗줄기가 순식간에 굵어지고, 당신이 신호에 걸린 사이 구름은 껍질이라도 벌린 듯 비를 쏟아 낸다. 당신은 앞이 보이지 않아 헬멧 실드를 올린다. 비가 헬멧 안으로 들이쳐 호흡을 방해한다. 당신은 마치 물에 빠진 것같이 후무, 후무, 가쁜 숨을 쉰다.

이런 폭우는 해결할 수 없다. 당신은 처마를 발견하고 그 아래로 피신한다. 배달 중개 애플리케이션을 열어 보니 배달은 모두 중지된 상태다. 길에는 얇은 막이 생겼고, 급류와 소용돌이가 지금부터는 새로운 법을 따르라는 듯 차선을 가렸다. 당신은 가게에 연락해 비가 너무 많이 내려서 배달을 할 수 없을 것 같다고 말한다. 사장은 심드렁하게 배달 플랫폼 고객 센터를 이용하라고 안내한다. 과연 무책임이야말로 이 시대의 보편적 생존 전략이다. 당신도 모르게 분비되는 유독한 호르몬이 나를 쿡쿡 찌른다. 누군가의 생존 전략이 다른 누군가를 위기에 몰아넣는 게 이곳이 돌아가는 방식이다.

당신은 배달 플랫폼 고객 센터에 전화를 건다. 고객 센터는 쉽게 전화를 받지 않는다. 마치 당신의 쓸데없는 문의에 답하기 위해 만든 고객 센터가 아니니 잠자코 기다리라는 듯한 태도다. 현재 고객 문의가 많아 상담원을 연결할 수 없다는 퉁명스러운 안내 문구를 몇 번이나 듣는 사이 빗줄기가 점점 더 거세진다. 당신은 탑 박스를 열고 후무후무누쿠누쿠아푸아아의 상태를 확인한다. 후무후무누쿠누쿠아푸아아는 멀미라도 했는지 누런 액체를 토해 내고 있다. 랩 안에 토사물이 웅덩이처럼 고여 있는 걸 보며 당신은 마음이 급해진다. 죽어도 된다고는 했지만 배달 취소의 경우 책임 관계가 달라질 수도 있다.

마침내 상담원이 전화를 받았을 때, 당신은 급한 마음만큼 서둘러 입술을 뻐끔인다. 플랫폼에서는 배달을 포기할 경우 당신이 음식값을 변상해야 한다고 말한다. 당신은 기꺼이 그러겠다고 한다. 전화 상담원은 잠깐 뜸을 들이더니, 당신에게 얼마가 청구될 것인지 말한다.

— 201만 6,350원입니다.

당신은 귀를 의심하고 다시 묻는다. 상담원의 대답은 변하지 않는다. 당신은 헐떡이고 있는 후무후무누쿠누쿠아푸아아를 내려다본다. 토사물이 이제는 비닐봉지를 뚫고 나와 탑 박스 안을 엉망으로 만들고 있다. 부글거리는 거품에서 잠든 어머니의 몸처럼 고약한 냄새가 난다.

— 그냥 배달할게요.

당신이 말한다. 상담원은 선심 쓰듯 기상이 악화되었으니 배달 시간을 초과해도 벌금은 부과하지 않겠다고 말한다. 당신은 감사하다고 말하지만 정말로 그렇게 생각하지는 않는다. 책임을 피할 방법이 없는 당신의 생존 전략은 나약하기 그지없다.

어느새 물이 발목까지 차올랐다. 당신은 배수가 잘 안 되는 도시에 살고 있다. 거리에 온갖 쓰레기들이 둥둥 떠다닌다. 거센 물살 때문에 비닐봉지는 해파리 같고, 유리병은 붕어 같다. 당신의 라이딩 부츠에도 물이 마구 침범해 들어온다. 당신은 어머니를 떠올린다. 발이 물비린내에 절어 버리는 건 늙음의 다른 의미다.

당신은 해결책에 올라타 시동을 건다. 그러나 해결책은 우렁찬 배기음을 내뿜기만 할 뿐, 아무리 액셀을 당겨도 꿈쩍도 하지 않는다. 당신은 해결책을 발로 밀어 보기도 하고 이리저리 뒤틀어 보기도 하지만 기계에는 근육이 없어서 그런 식으로 문제를 해결할 수는 없다. 아래를 굽어보니 바퀴에 반투명한 덩어리들이 얼기설기 엉켜서 바퀴를 굴리면 굴릴수록 상태가 심각해지는 것 같다. 엉덩이로 당장이라도 폭발할 것만 같은 진동이 전해진다. 해결책은 당신을 뒤집어 버리려고 하고 있다. 압박이 점점 거세진다. 자세를 풀지 않으면 당신이 위험하다. 오토바이에게 마운트 포지션을 당한 사람들은 모두 병원에서 눈을 떴을 것이다. 그만큼 해결책은 강하고, 힘 조절에 미숙하다. 당신은 손에 힘을 풀고 해결책에서 뛰어내린다. 해결책은 당신의 발이 땅에 닿자 탭을 얻어 낸 상대처럼 우렁찬 포효를 내뿜고는 퍼져 버린다. 열쇠를 돌려도 시동조차 걸리지 않는다. 당신의 해결책은 더 이상 유효하지 않다.

당신은 해결책을 끌고 걷는다. 발등이 가렵다. 당신은 유독 물질에 노출된 발이 보랏빛으로 부푸는 상상을 한다. 부츠에 뭔가 딱딱한 게 들어갔는지 걸을 때마다 발바닥에 날카로운 통증이 인다. 당신은 통증을 잊기 위해 딴생각을 한다. 언젠가 주우와 모텔에서 본 다큐멘터리가 떠오른다. 바다에 버려진 타이어에 관한 다큐멘터리다.

해조류에 뒤덮여 녹색이 된 타이어가 있다. 타이어 주변 바닥에는 불가사리나 성게 따위가 듬성듬성 있는 것에 비해 유독 타이어 안쪽에만 소라 껍데기가 가득하다. 그 모습을 본 한 교수는 집게가 타이어 밖으로 빠져나오지 못하는 것이 아닐까 의심하고, 바다에 여러 개의 타이어를 집어넣는다. 타이어 표면은 해조류에 덮이기도 하고 깨끗해지기도 하지만 집게는 타이어 안에 계속 쌓인다. 타이어 안쪽의 굴곡 때문에 게가 탈출하지 못한 것이다. 타이어 안에서 발견된 껍데기들에는 부분부분 뜯겨 나간 흔적이 가득하다. 교수는 집게끼리 먹이 경쟁과 집 경쟁을 하면서 동족 포식이 일어났을 것으로 추정한다. 제한된 공간 안에서 껍데기를 구해야 했던 집게들이 동족을 죽이고,

집을 빼앗은 것이다.

— 타이어와 함께, 집게들의 죽음도 발명되었다.

교수는 그렇게 선언했다. 주우는 집게들이 불쌍하다고 눈물을 글썽였다. 당신은 주우를 흘겨보다가 문득 집을 떠올렸다. 어머니가 당신을 키워 낸 반지하 집. 그곳에서는 고개를 삐딱하게 들어야만 바깥이 보인다. 그조차도 누군가가 앞에 서서 다리로 가리지 않을 때만.

다리가 보인다. 지도를 확인해 보니 절반 가까이 왔다. 이미 배달 예상 시간은 한참 넘겼지만, 어쩔 도리가 없다. 당신은 해결책을 끌고 다리에 오른다. 다리 위에서는 바람이 정면으로 불어온다. 당신은 고개를 돌리고 걷는다. 난간 너머로 소용돌이 치는 개천이 보인다. 이상할 정도로 난간이 낮은 다리다. 시야가 흔들리고 몸이 자꾸만 기우뚱거린다. 소용돌이가 저 아래서 당신을 빨아들이려고 하는 것만 같다. 고작 다리 하나 건너는 건데도 한평생이 걸리는 기분이다. 게다가 고장 난 해결책까지 끌고 가야 하니 힘이 배로 든다.

다리를 절반쯤 건넜을 때, 당신은 난간에 설치된 크고 빨간 버튼을 발견한다. 거기에는 '도움이 필요함'이라고 적혀 있다.

당신은 자살하는 사람이 많은 다리에 이런 버튼이 달려 있다는 이야기를 들은 적이 있다. 어쩌면 경찰이 나타날지도 모른다. 그들은 경찰차를 타고 올 것이다. 고개를 반대쪽으로 돌려 보니 느리기는 해도 꾸준히 나아가는 차들이 보인다. 확실히, 당신은 도움이 필요하다. 버튼을 누른다. 싸구려 악기로 연주한 것 같은, 친숙한 클래식 음악이 흘러나온다. 당신은 차분히 기다린다. 약간 흐느끼는 게 도움이 될지도 모른다는 생각이 든다. 당신은 슬픈 기억을 떠올려 보려고 하지만 도저히 무엇을 슬퍼해야 할지 알 수가 없다. 당신이 행복하지 않다는 사실은 확실하지만, 불행은 물과 같아서 애초에 당신의 70퍼센트를 이루고 있다. 사실상 항상 잠수하고 있는 셈인데, 물속에서는 눈물이 흐르든 말든 아무런 의미가 없다. 온도가 다른 액체가 잠깐 눈알을 간질이고 사라질 뿐이다.

노래가 툭 끊긴다. 당신은 긴장한다. 버튼에서 목소리가 흘러나온다. 그 목소리는 전기밥솥 버튼을 누르면 재생되는 이름 모를 여자의 목소리와 닮았다.

— 엄마가 집에 맛있는 반찬 해 놨어.

그게 끝이다. 당신은 버튼을 다시 눌러 본다. 같은 목소리가 이번에는 덕분에 호강한다고 말한다. 당신은 이 버튼이 단 한 사람의 목숨이라도 구한 적 있을지 의문에 빠진다.

　다리를 건너는 데는 한 시간이 걸렸다. 당신은 땀과 빗물에 흠뻑 젖었다. 다리 건너편은 상황이 조금 더 심각하다. 다리 위에서는 적어도 물이 계속 빠지고 있었지만, 여기엔 막힌 세면대처럼 물이 고여 있다. 지도를 따라가는 게 아니라 물이 얕은 길로 가야 할 판이다. 당신은 조심조심 걸음을 옮기다가 무언가를 밟는다. 부서진 조개껍데기가 수면 위로 떠오른다. 자세히 보니 어느 횟집의 광고물인지 "주문 전화 : 02-"라고 적혀 있다. 불현듯 한 가지 방법이 떠오른다.

　당신은 주문자에게 전화를 건다. 왜 여태 이 간단한 방법을 떠올리지 못했는지 의문이 들 정도다. 주문자가 주문을 취소하면 위약금은 주문자의 몫이다. 정체 모를 201만 6,350원짜리 생선을 배달시킬 정도면 돈이 아주 많을 것이 분명하다. 빨간 버튼에서 들은 것과 비슷한 목소리가 통화 중 주의 사항을 안내한다. 당신은 큼큼, 목을 가다듬는다. 주문자가 전화를 받는다. 당신은 사정을 설명한다. 비가 너무 많이 내려서 운전이 아예 불가능하다. 생선은 이미 죽어 버렸고 이제 단단히 굳었으며 썩은 내까지 풍기고 있다. 아무래도 주문을 취소하는 게 좋을 것 같은데, 배달원으로서는 할 수 있는 일이 없다.

주문자는 차분히 당신의 말을 들었다. 당신이 안심하면서 배를 꽉 조이는 힘이 조금씩 풀린다. 그러나 당신의 말을 다 들은 주문자는 아주 예의 바르게, 심지어 간단한 사과까지 곁들이면서 이렇게 말한다.

— 괜찮아요. 늦어도 되니까 천천히 조심히 와 주세요.

당신에게는 이제 대안이 없다. 발밑에 뭐가 있는지 제대로 알 수조차 없는 길을 당신은 어기적어기적 걷는다. 무언가를 밟을 때마다 그것은 부서져 떠오르거나 바닥에 더 깊이 박힌다. 도장에서 분명 이럴 때를 상정하고 훈련한 자세가 있었던 것 같은데, 실전은 그와는 전혀 다르다. 수렁이란 훈련한다고 빠져나갈 수 있는 게 아니다.

물살이 당신의 발목을 넘어 정강이까지 때린다. 이제는 옷가지나 가전제품 같은 제법 큰 물건들도 물 위에 둥둥 떠 있다. 대학 로고가 새겨진 야구 잠바가 떠내려온다. 야구 잠바에 적힌 "세상 앞에 한 발짝 더"라는 문구가 더러운 물에 젖어 자기 색을 잃고 있다.

언젠가 당신은 해결책을 몰고 멀리 달려 본 일이 있다. 이곳에서 벗어나 먼 곳의 배달을 하고, 그곳에서 더 멀리 배달을 하고…… 그렇게 나아가다 보면 도망칠 수 있을 것만 같았다. 하지만 아무리 달려도 당신에게 들어오는 배달 주문은 똑같았다. 끝없이 빙빙 도는 2호선처럼 같은 주문이 순서만 계속 바뀌어 나타날 뿐이었다. 집을 중심으로 60킬로미터 반경이 당신이 받을 수 있는 주문의 최대 거리였다. 당신은 거대한 타이어 안에 갇힌 듯한 기분이 들었다. 당신은 가로등 앞에서 걸음을 멈추고 해결책 위에 걸터앉아 담배를 피웠다. 머리 위로 기다란 그림자가 드리웠다. 올려다보니 커다란 유리병 하나가 날아가면서 "엄마아-, 엄마아-." 하는 소리를 내고 있었다.

문득 당신은 그 소리가 지금도 들린다는 사실을 깨닫는다. 하늘에서가 아니라 지면 어딘가에서.

소리를 따라간 곳에는 마차가 있다. 젖은 털을 미역처럼 늘어뜨린 말이 울부짖고 있다. 말의 목에는 "30분 15,000원"이라고 쓰인 피켓이 걸려 있다. 몸통에 칭칭 감긴 두꺼운 줄들이 마차에 연결되어 있다. 마차는 핑크빛이 도는 하얀색이고, 장미꽃과 성이 그려져 있다.

말은 답답한지 연신 발을 구르며 몸을 뒤틀어 댄다. 당신은 가까이 다가가 살핀다. 말은 나무에 묶여 있었지만, 매듭은 쉽게 풀 수 있게 되어 있다. 전화번호는 쓰여 있지 않다. 말의 눈은 검은 안대로 가려져 있다. 당신이 안대를 연다. 말의 눈동자가 보인다. 빗물인지 눈물인지 모를 것이 연신 흘러내리고 있다.

— 갇혔니?

당신은 말을 쓰다듬는다. 말이 다시 "엄마아—." 하고 운다. 당신은 말과 나무를 연결하는 줄을 푼다. 뒤엉켜 있는 걸 푸는 것이야말로 주짓수에서 늘 배우는 것이다. 당신은 뒷좌석에 해결책과 후무후무누쿠누쿠아푸아아를 쑤셔 넣고 마부석에 앉는다.

— 이랴!

당신은 고삐를 당긴다. 그러나 말은 달리지 않는다. 오히려 저항하는 듯한 도리질이 느껴진다. 생각해 보니 당신은 말을 타 본 적도 마차를 몰아 본 적도 없다. 만화나 영화에서 본 것처럼 단순히 "이랴!" 하고 고삐를 당기는 것만으로는 달릴 수 없는 모양이다.

당신은 고삐를 마구 당기거나 뒤틀어 본다. 말은 그에 따라 고개를 돌리거나 몸을 움직인다. 당신은 차근차근 말을 이해한다. 해결책과는 달리 말에게는 관절과 근육이 있다. 고삐를 양

손으로 당기면 말은 고개를 들고 움직임을 멈춘다. 오른손으로 당기면 오른쪽으로, 왼손으로 당기면 왼쪽으로 몸을 돌린다. 주짓수와 비슷하다. 근육은 저항을 최소화하는 방향으로 움직인다. 그렇다면 앞으로 나아가기 위해서는 엉덩이를 때리면 되리라. 당신은 후무후무누쿠누쿠아푸아아를 집어 말의 엉덩이를 친다. 단단하게 굳은 후무후무누쿠누쿠아푸아아는 훌륭히 채찍 역할을 해낸다. 말이 긴 울음소리를 내고는 달리기 시작한다.

물에 잠긴 도시에서 앞으로 나아가는 건 당신과 말밖에 없다. 여기저기 버려진 자동차와 운행을 포기한 버스 따위가 보인다. 말은 다리를 높이 치켜들며 달린다. 물도, 물에 섞인 쓰레기들도 말을 방해할 수는 없다. 도시는 텅 비었고 당신은 마치 주인공이라도 된 기분이다. 어둑어둑한 하늘에 무언가 번쩍인다. 당신은 하늘을 올려다본다. 누군가 건물 옥상에서 불꽃놀이를 하고 있다. 비가 내려도 폭죽은 터진다는 걸 당신은 처음 알았다. 비가 폭약이 내뿜는 연기를 더욱 선명하게 드러낸다. 화려한 폭발이 일어날 때마다 하늘이 조금씩 더 잿빛으로 어두워진다.

당신은 옥상의 그림자를 향해 손을 흔들며 소리를 지른다.

그림자도 당신을 알아보고 손을 마주 흔든다. 그리고 계속 하늘에 불꽃을 쏘아 올린다. 크리스마스트리, 우주선, 미국 달러 따위가 하늘을 반짝이고 연기가 되어 사라진다. 애초에 발명된 적도 없었던 것처럼.

 당신은 마차를 타고 배달 장소인 고급 아파트 단지에 도착한다. 높은 아파트들이 그물처럼 세워져 있다. 단지 주위로 제방이 둘러 있어서 안쪽은 물에 전혀 잠기지 않았다. 과연 그 안에 사는 사람이라면 현 사태의 심각성을 전혀 모를 만도 했다.
 말은 제방을 넘을 수 있겠지만 마차까지는 무리일 것 같다. 당신은 적당한 가로수를 골라 말을 묶어 놓고 후무후무누쿠누쿠아푸아아를 꺼내 든다. 말 궁둥이에 닿은 한쪽 면에는 말 털이 지저분하게 붙어 있다. 당신은 빗물에 생선을 씻어 깔끔하게 만든다. 더 이상 신선하지도 않고 먹을 수 있을 것 같지도 않은 이 물고기를 생선이라고 불러도 될지는 모르겠지만.
 당신이 생선을 들고 정문 제방을 넘으니 경비가 다가온다. 당신은 평소처럼 배달을 왔다고 휴대폰을 들어 보이려다가 이 기묘한 생선을 품에 안고도 의심받지 않을 수 있을까 하는 걱정에 사로잡힌다. 후무후무누쿠누쿠아푸아아의 두꺼운 입술,

가지런한 치열. 영국에서는 연어를 수상하게 들고 있으면 불법이라던데. 그러나 경비는 당신을 수상히 여기지 않았다. 경비는 생선을 든 당신을 보고는 미소를 짓는다. 직접 당신이 가야 하는 동으로 당신을 안내하고, 문을 열어 주기까지 한다. 당신은 바로 그 점 때문에 수상함을 느낀다. 당신은 고급 아파트 배달이 처음이 아니다. 그동안엔 경계의 눈빛을 받거나 방문자 명단을 적었지 이런 대접을 받은 적은 단 한 번도 없었다.

당신은 후무후무누쿠누쿠아푸아아를 품에 안고 엘리베이터를 탄다. 고풍스러운 클래식 음악이 흘러나온다. 당신은 들어 본 적 없는 음악이다. 한 층에 두 집밖에 없는 아파트. 바깥이 보이지 않는 공간에 있으니 당신이 폭우를 뚫고 여기까지 온 게 거짓말 같다.

305호. 당신의 목적지다. 당신은 휴대폰의 녹음 기능을 켜서 주머니에 넣고, 초인종을 누른다. 이런 날씨에 배달을 취소하지 않는, 이상한 생선이나 주문하는 자의 상판을 드디어 볼 수 있다. 문이 열리고 사람이 나온다. 흰 면티에 반바지를 입은 청년이다. 몸이 좀 아픈지 눈이 살짝 풀려 있는 것만 빼면 주짓수 도장에서 봤다고 하더라도 다음 날이면 잊을 만한 얼굴이다. 당신은 생선을 내민다. 악취가 새삼스럽게 확 끼쳐 온다.

— 배달이요.

남자는 생선을 받아 든다. 그리고 악취가 신경 쓰이지도 않는지 휙휙 돌려가며 확인한다. 도대체 뭘 확인하는 걸까, 싶으면서도 당신은 생선을 씻어 놓기를 잘했다고 생각한다.

— 감사합니다. 고생 많으셨어요.

남자는 아무 문제도 없다는 듯 웃으며 당신에게 음료를 건넨다. 그냥 요구르트도 아니고 하나에 4천 원이나 하는 프리미엄 유산균 요구르트다. 당신은 요구르트를 받아 들고 묻는다.

— 죽은 것 같은데, 괜찮으신가요?

문을 닫으려던 남자가 멈칫, 뒤돌아선다. 여전히 얼굴에는 여유로운 미소가 걸려 있다. 남자의 반쯤 풀린 눈은 당신을 보지 않는다.

— 그럼요. 이 생선이 필요했던 거지 살았는지 죽었는지는 상관없어요.

당신은 주머니 속 휴대폰을 움켜쥔다. 이건 당신이 원하던, 당신에게 필요했던 바로 그 대답이다. 하지만 어쩐지 당신은 설명이 필요하다고 느낀다. 오늘 당신이 겪은 모든 일들, 그것들이 이렇게 간단히 정리될 수는 없을 것만 같다.

— 도대체 뭐길래 죽어도 되는 거죠?

당신이 묻는다. 지금까지는 배달하면서 이런 의문을 가져 본 적이 한 번도 없다. 남자는 알 것 없다는 듯 문을 닫으려고 한다. 당신은 현관에 발을 밀어 넣고 막는다. 라이더 부츠는 물이 빠지지 않아 불편하지만 그만큼 단단해서 이런 짓을 해도 발이 아프지 않다.

— 당연히 음식이죠.

남자가 한숨을 쉰다. 당신은 물러서지 않는다.

— 썩은 생선을 드신다고요?

남자가 말한다.

— 네. 저는 게거든요.

당신이 알아듣지 못하고 되묻자 남자가 바꿔 말한다.

— 거미게예요. 죽은 물고기를 먹죠.

당신은 말문이 막힌다. 다리라도 꺼내 보라고 해야 하는 걸까. 아니, 애초에 게가 사람으로 둔갑했다는 말을 믿으라고? 당신이 당황하는 사이 남자는 당신의 발을 가볍게 밀어낸다.

— 거리에서 위험한 생물들이 목격됐대요. 조심히 들어가세요.

남자는 그렇게 말하고는 문을 닫는다. 당신은 한동안 멍하니 서서 움직이지 못한다. 풀어낼 길 없는 의문들이 머릿속에서 뒤엉켜 엎치락뒤치락한다. 당신은 현관문에 귀를 대고 소리를 들어 본다. 그러나 방음이 잘 되는 문 너머로는 그 어떤 소리도 들려오지 않는다.

  당신은 아파트 단지를 가로질러, 당신이 들어왔던 문으로 향한다. 들어올 때와 달리 경비는 당신에게 아무런 관심도 보이지 않는다. 주우에게서 전화가 걸려 온다. 이제야 깬 모양이다. 당신이 전화를 받자 그는 비가 많이 오는데 괜찮냐고 묻는다. 당신은 할 이야기가 너무 많아서 되려 아무 말도 하지 못한다. 당신이 직접 겪은 일을 고작 뉴스로만 보았을 주우가 떠드는 이야기를, 당신은 적당히 대답하며 듣기만 한다. 당신은 그들이 이 흥건한 도시에 관해 아무것도 모른다는 걸 안다. 그들은 안에 있고, 밖에 있는 건 당신이다.

  당신은 제방을 넘어 단지 밖으로 나간다. 정강이까지 차오른 물에 익숙해졌다고 생각했는데, 잠깐 발을 뺐다고 다시 축축함이 생경하게 느껴진다. 오늘의 책임을 다했다는 안도감은 다시 젖어 드는 양말에 비하면 너무나 약한 보상이다. 이제 집에 들어가 쉴 수 있다는 소박한 희망만이 당신에게 걸을 힘을 준다. 그런데 뭔가 이상하다. 가로수에 묶어 둔 말과 마차가 사라지고 없다. 당신은 어기적어기적 다가간다. 붉은 액체가 부서진 마차 주위로 퍼져 나가고 있다. 비릿한 냄새가 엄습한다. 당신의 근육이 뻣뻣하게 긴장한다. 무언가 물속에서 솟아올라 당신의 다리에 부딪힌다. 해결책의 바퀴다.

당신이 말이 없자, 주우가 걱정스러운 목소리로 묻는다. 그 목소리는 마치 높은 곳에 달린 창 너머에서 들려오는 것처럼 흐릿하다.

— 괜찮아? 지금 밖은 위험하대. 얼른 들어가.

하지만 당신은 움직이지 않는다. "엄마아-, 엄마아-." 하는 소리가 들린다. 딱딱한 것끼리 맞부딪히는 소리가 들린다. 거친 물살이 일고 기포가 부서진다. 사위는 여전히 어둑어둑하고, 물속은 더더욱 어둡다. 무언가 거대한 것이 움직이는 것 같다. 당신은 초크에 걸렸을 때처럼 숨쉬기가 어렵다. 비가 계속 눈꺼풀을 내리치고, 당신은 아예 눈을 감아 버린다. 거리에서 목격됐다는 위험한 생물이 도대체 뭘까. 당신은 게를 떠올린다. 딱딱하게 굳은 물고기를 집게로 해체하는 거대한 게. 똑, 똑, 똑, 똑…… 빗물이 두개골을 두드린다. 아니 딱딱한 다리가 한 걸음씩 내딛고 있다. 점점 더 가까이…….

— 왜 그래? 무슨 일이야?

주우의 목소리가 들린다. 하지만 대답하지 마라. 물의 흐름을 느끼는 데 집중하라. 섣불리 움직여서는 안 된다.

내가 무사히 태어날 때까지.

농담이 죽음이 아니듯
우리는 땀 대신 눈물을 흘리는데

▶▶

 발코니로 나가려면 창을 세 개 열어야 한다. 자외선을 90퍼센트 차단하는 선팅 스크린. 단열을 위해 두 유리 사이에 진공이 형성되어 있는 이중 여닫이창. 날아오는 상어도 막아 낼 수 있다는 강화 알루미늄 방충망. 매일 열고 닫는 것들인데도 끄트머리가 검었다. 구르는 창에는 이끼가 끼지 않았다. 다만 그을린 자국 같은 곰팡이가 슬어 있었다.
 바깥은 환했다. 물살이 느리게 일렁이며 윤슬이 일었다. 더러운 물에서도 윤슬은 투명하게 반짝였다. 여름의 열기는 살인적이었다. 어릴 적엔 선풍기만 틀고 여름을 나기도 했었다는 게 꿈만 같았다. 요즘엔 창을 열기만 해도 피부가 쩍쩍 갈라지는 느낌이다. 선크림을 발라도 그랬다. 아내는 선크림은 방탄조끼와 같다며 다음과 같은 비유를 들었던 적이 있다. 햇살은 총알처럼 피부에 와서 박히는 것이고, 피부가 상하는 건 박힌 총알을 빼내도 흉터가 남는 것과 마찬가지라고. 그 말이 떠올라서 그런지 윤슬이 수면 아래 숨어 나를 겨누고 있는 총구 같았다.

발코니 바닥에는 죽은 날치 세 마리가 말라 가고 있었다. 밤사이 발사되기라도 한 모양이었다. 오늘은 비가 좀 내리겠군. 폭우까지는 아닐 것 같고, 몇 차례 소나기 정도나 오려나. 이곳에 살기 시작한 이래 나는 날치로 날씨를 점치고 있다. 여전히 생활의 지혜는 유효하다. 다만 갱신될 뿐이다. 낮게 나는 펠리컨은 날씨에 관해 아무것도 알려 주지 못한다. 낮말은 물고기가 듣고 밤말은 새가 듣는다.

나는 빗자루를 들고 죽은 날치들을 발코니 밖으로 멀리 날렸다. 살아 있는 녀석들이면 굽거나 회를 쳐 먹을 수도 있었겠지만, 썩기 시작한 놈들은 쓸모가 없었다. 날치들은 살아 있을 적의 탄력적인 비행술을 구사하지 못하고 정직한 포물선을 그리며 약 30미터 밖에 퐁당퐁당 떨어졌다. 빛의 포수들이 화들짝 놀라 산개했다. 나는 날치들이 되돌아오지 않는지 지켜보았다. 날치들은 가라앉았다가 떠올랐다가를 반복하며 멀리 떠내려갔다. 옳게 되었다. 만약 비거리가 모자랐거나 방향을 잘못 잡았다면 죽은 날치들은 물길을 따라 다시 우리 집으로 되돌아와 버릴 수도 있었다. 그건 맹그로브를 기르는 집에서 일어날 수 있는 가장 우울한 일 중 하나다.

우리 집 맹그로브의 머리는 발코니에, 뿌리는 3층 아래 물속에 있다. 물 위에 사는 사람에게 맹그로브는 비상용 식수 저장고임과 동시에 인테리어와 공기 청정 기능까지 겸하는 효자 식물이다. 문제는 맹그로브 뿌리가 물의 흐름을 막아 온갖 쓰레기와 생물을 불러들인다는 점이다. 사체가 맹그로브 뿌리에 걸리기라도 하면 하루 이틀만 지나도 이상한 생물들이 꼬여 모종의 생태계가 만들어져 버린다. 나도 알고 싶지 않았던 정보다. 한번은 여행을 다녀오느라 맹그로브 청소를 일주일 동안 내팽개쳐 둔 적이 있었다. 집에 돌아왔을 때, 발코니에는 벌레들이 들끓고 있었다. 맹그로브 줄기를 마치 에스컬레이터처럼 타고 오르는 수륙양용 다족류의 행진. 나는 까무러칠 것 같은 기분을 참고 방충망 너머로 락스 한 통을 모조리 들이부었다. 어떤 안전 수칙은 징그러움으로 쓰여진다. 발코니는 역시 실외여야 한다.

나는 뜰채와 갈퀴를 들고 난간 너머로 몸을 기울였다. 그리고 맹그로브 뿌리가 얽힌 곳을 마구 헤집었다. 숨은 잡동사니들이 떠올랐다. 재미있어 보이는 거나 쓸모 있는 건 뜰채로 건지고, 다른 건 바닷물이 실어 가도록 멀리 내두었다. 그래도 맹그로브 관리에는 소소한 즐거움이 있죠. ETA도 나와 똑같이 하고 있을 걸 떠올리자 나도 모르게 미소가 지어졌다. 그에 화답하기라도 하듯 맹그로브 웅덩이에 걸려 있던 관이 둥실 떠올랐다. 품에 꼭 들어오는 크기. 단단하고 길쭉한 감색 육각형. 안 그래도 슬슬 답장이 올 때가 됐다고 생각하고 있던 참이었다.

ETA와 편지를 주고받기 시작한 건 대략 두 달 전, 그러니까 겨울이 끝나고 여름이 시작되기 전이었다. 예의상 봄이라고 부르기는 하지만 사실상 겨울과 여름 사이에 찍힌 쉼표 정도의 의미밖에 남지 않은 그 시기에, 아이가 죽었다. 갑작스러운 죽음이었다. 의사는 더위 때문일 수도 있고, 근래 유행하는 팬데믹 때문일 수도 있다고 했다. 패션 업계에서 유명한 말마따나 2년마다 새 유행에 발맞추지 못하면 안 되는 시대였다. 그러나 유행에 민감하다고 꼭 옷을 잘 입는 건 아니듯 질병 관리 알림e를 중요한 알람으로 설정해 둔다고 모든 걸 대비할 수 있는 건 아니었다. 여느 때처럼 폭염주의보가 내려진 햇살 맑은 날, 에어컨 바람을 쐬며 낮잠에 빠진 아이가 다시는 눈을 뜨지 못하게 될 수도 있다는 가능성을, 나는 전혀 고려하지 못했다.

아내는 아이의 죽음을 쉬이 받아들이지 못했다. 그러나 죽음은 아내의 입버릇마냥 '앞으로 잘하면 되는' 문제가 아니었다. 아내는 아이의 목숨이 끊어지던 날 부대에 있던 자신의 시간을 되돌릴 수 있기라도 한 듯 아이의 장례를 치르는 동안 한숨도 자지 않았다. 교대로 조금씩이라도 쉬자는 내 말에는 눈을 흘겼다. 황갈색 눈동자를 마치 총알처럼 발사하기라도 할 기세였다. '나는 최선을 다했다.'라는 말은 그때 꺼내기에는 부적절한 말이었다. 죄책감과 책임, 그리고 원망은 다른 거라는 말도. 나는 앞으로 뭘 더 잘해야 할지, 애초에 어떻게 더 잘해야 했을지 도무지 알 수가 없어서 아내의 눈총을 뒤로하고 작은방에 들어가 잤다. 다행인지 불행인지 방문은 눈총에 박살 나지 않을 만큼 충분히 단단했다.

둘째 날 아침, 안검하수가 심해 눈을 반밖에 뜨지 못하는 장례 지도사가 나를 깨웠다. 그러고는 아내와 나를 나란히 앉혀 놓고 장지는 어떻게 하고 싶으냐고 물었다.

"보통 어떻게 하죠?"

아내가 되물었다. 장례 지도사는 물 위에 사는 사람들은 대개 집에서 고인을 떠내려 보낸다고 했다. 그래야 기일에 맞춰 꽃이나 유품을 보내 주기도 편하고, 만약 관이 잘 관리되기를 원한다면 주기적으로 돈을 좀 보낼 수도 있다고 했다. 장례 지도사는 바닷물을 크게 순환시킨다는 몇 가지 큰 해류와 그 지류에 관해 큼지막한 지도를 펼쳐 놓고 설명했는데, 요약하자면 집에서 아이를 떠내려 보내도 결과적으로 남들 다 가는 곳으로 가게 된다는 얘기였다.

"그럼 그렇게 하시죠."

아내가 말했다. 확실히 수장에는 아내가 좋아할 만한 요소가 있었다. 아내는 무던한 걸 좋아했다. 한 번 군인은 영원한 군인이라며 자기 개인 생활은 적당히 남들 하는 대로만 하면 별일 없을 거라고 여기는 사람이었다. 남들 다 하는 일은 적어도 하나의 측면에서는 최선이라는 것이 아내의 논리였다. 가장 싸거나, 가장 AS가 편하거나, 하다못해 고민이라도 가장 많이 줄여 준다고. 수장은 강경 환경법 시행으로 화장 비용이 수십 배 높아진 근 20년 새 유행을 타고 있는 장례법이었다. 그러니 좀 이상한 말이긴 하지만 아내가 수장을 선택한 건 자연스러운 수순이었다. 아내의 무던한 결정은 늘 최선은 아니었을지라도 최악이었던 적은 한 번도 없었다. 일이 좀 꼬인다 해도 언제나 앞으로 더 잘할 여지가 있었다.

장례가 끝난 뒤, 우리는 장례 지도사와 스님을 대동하고 발코니에 모였다. 장례 지도사가 옻칠을 한 노로 천천히 관을 밀어내자 관은 정말로 어떤 거대한 흐름에 합류하기라도 한 것처럼 부드러이 항해를 시작했다. 스님이 목탁을 치며 염불을 했다. 목탁 소리가 물수제비처럼 통통통 울려 퍼졌다. 아내는 떠내려가는 관의 모습을 휴대폰으로 찍었다. 달 표면의 크레이터마저 선명히 볼 수 있다는 디지털 줌을 사용했는데도 관이 건물 뒤로 돌아 사라지는 것까지는 어쩔 수 없었다. 거실로 들어와 창을 닫았을 때 모두의 정수리 위로 아지랑이가 일고 있었다. 꼭 영혼이라도 빠져나가는 것 같았다.

그 뒤로 일주일 동안은 아무 일도 손에 잡히지 않았다. 슬픔이 파도처럼 밀려오거나 해서 그런 건 아니었다. 단지 이제 뭘 해야 할지 알 수가 없었을 뿐이었다. 아이를 매개로 맺어진 관계들은 아이가 없으니 다시 볼 이유가 없었다. 나는 말하고 싶지 않은 것들을 말하고 싶지 않았고 보고 싶지 않은 눈치를 보고 싶지도 않았다. 아이가 있는 사람은 아이를 잃은 사람에게 적선하듯 위로를 건네며 그 죽음을 확인시킬 뿐이다. 내 경우에는 좀 더 가혹한 동정이 따라붙겠지. 역시 남자 혼자 애 보기는 힘들다는 식의.

아이는 다섯 살이었다. 아니 다섯 살이다. 아이를 돌보는 사이 내게는 마땅한 취미도 없어졌다고 생각했는데, 다 끝낸 집안일을 두 번이고 세 번이고 다시 하는 내 모습을 보니 사실은 나도 모르게 내 취미가 집안일로 바뀌어 버린 게 아닌가 싶었다. 아내는 일이 바쁘다며 집에 들어오지 않고 부대 옆 관사에서 출퇴근했다. 나는 멍하니 맹그로브 웅덩이를 뒤적였다. 배를 띄우고 멀리까지 가 보는 날도 있었다. 매일 선크림을 발랐다. 아무 일도 일어나지 않아서 무슨 일이든 일어나려고 하는 것 같았다. 그렇게 일주일이 지난 아침, 발코니 아래에 아이를 품은 관이 되돌아와 있었다.

장례 지도사는 낮은 확률이지만 비가 많이 내리거나 때마침 큰 배가 지나가면 그렇게 될 수도 있다고 느릿한 말투로 설명했다. 우리가 이끼를 보고 눈물을 흘리지 않듯 시간을 들인다고 그 안에 꼭 마음이 담기는 건 아니다. 아이를 떠내려 보낸 뒤 큰비가 온 적은 없었다. 하지만 나는 그걸 지적하지 않고 그냥 이렇게만 물었다.

"그래서 어떻게 하라는 건가요?"

"다시 떠내려 보내세요. 두 번 사고가 날 확률은 극도로 낮습니다."

나는 시키는 대로 했다. 아이는 머쓱하게 다시 항해를 떠났다. 어쩐지 지난번보다 좀 더 의젓해진 것 같기도 했다. 다시 일주일이 지났다. 관은 또 맹그로브 뿌리에 끼어 소심하게 통통거리고 있었다. 달라진 점이 있다면 이번에는 관에 편지가 끼워져 있었다는 것이었다.

아이를 보내신 분께.

협박인지 무단 투기인지는 모르겠습니다만, 저는 아이를 받을 만한 일을 한 적이 없습니다. 두 번이나 보내신 걸 보면 뭔가 의도가 있는 것 같은데 저로서는 전혀 짐작이 가지 않는다고 말씀드리고 싶네요. 다시 보내신다면 경찰을 부르겠습니다. 현명하게 처신하시기를 바랍니다.

좋은 하루 보내세요.

ETA 드림.

당황스럽기 그지없었다. 아이가 향해야 할 공동묘지(어쩌면 공동 섬이라고 불러야 할지도 모르겠다. 장례 지도사의 말에 따르면 관이 모여서 만들어진 작은 섬이 있다고 했다)와 내 집 사이에 사람이 살고 있다니. 물론 사람은 어디서든 살 수 있으니 그게 잘못된 일은 아니었지만, 어쩐지 좀 이상한 일처럼 느껴졌다. 뭐랄까, 전역하고 집에 돌아왔는데 다음 날 다시 영장이 날아들고, 군화에 아직 곰팡이가 슬지 않았다는 이유로 아무도 내 말을 믿어 주지 않는 기분이랄까.

나는 ETA에게 내 사정을 설명하는 편지를 썼다. 쓸 말은 많지 않았다. 관 안에 있는 건 죽은 내 아이라는 것과 악의는 없었다는 것. 다음에 또 관이 도착하면 관이 제 갈 길을 갈 수 있도록 멀리 밀어 달라는 것. 그런데 편지를 쓰고 보니 부칠 방법이 마땅치 않았다. 나는 ETA의 주소와 전화번호를 몰랐다. 그냥 편지만 둥둥 띄워 보낸다고 편지가 ETA의 집으로 갈까? 고민 끝에 이번에는 내 쪽에서 관에 편지를 묶어 다시 관을 띄워 보냈다. 관은 심부름을 나가듯 통통통 떠내려갔다. 또 일주일이 흘렀다. 발코니 아래에 관과 함께 새 편지가 도착해 있었다.

BFN께.

미안합니다. 삼가 고인의 명복을 빕니다. 그런데 아이가 정말 죽은 게 맞나요? 제 눈에는 그냥 자고 있는 걸로 보이는데요. 혹시 모르니 한번 확인해 보세요. 저산소증으로 인한 기절일 수 있습니다.

진심으로 유감을 담아.

ETA 드림.

아무리 염습을 잘했다고 해도 시체와 자는 아이를 구분하지 못할 수가 있나? 나는 관을 끌어 올려 발코니에 들였다. 관 한쪽 귀퉁이에 긴 철제 빨대가 꽂혀 있었다. ETA가 숨구멍으로 만들어 놓은 것 같았다. 빨대는 구멍이 컸고, 관에 빈틈없이 꽂혀 있었다. 어지간히 정성이 드는 일이었을 거라고 생각하니 ETA가 장난을 치는 건 아니지 싶었다.

나는 관을 묶은 끈을 풀고 관 뚜껑을 열어 보았다. 초파리 몇 마리가 휙 날아올라 도망쳤다. 인상을 찌푸리지 않으려고 눈에 힘을 꽉 주고 있었는데, 의외로 관 안쪽의 상황은 평안했다. 오히려 반사적으로 귀엽다는 말이 튀어나왔다. 아이는 죽었다는 게 믿기지 않을 정도로 발그레한 혈색이었다. 썩는 냄새도, 파리나 구더기도, 문드러진 피부도 없었다. 수의가 마치 속싸개처럼 아이를 감싸안고 있었다. 게다가 이 역시 ETA가 한 일인지 관 안은 형형색색의 꼬마전구와 모빌로 장식되어 있었다. 아이의 머리맡에는 아이가 쉽게 먹을 수 있을 만한 귤과 복숭아, 빵 따위가 놓여 있었다. 관을 열자마자 도망친 초파리들은 그 음식들에 꼬인 것들인 모양이었다.

나는 아이의 가슴에 손을 대고 가만히 숨을 죽였다. 심장은 뛰고 있지 않았다. 코 아래에 손가락을 대어 보았다. 숨도 쉬고 있지 않았다. 아이의 이름을 불러 보았다. 대답은 돌아오지 않았다. 관 뚜껑을 덮었다. 관 뚜껑을 열었다. 아이를 한참 바라보았다. 실없는 농담을 던지면 평소처럼 웃음을 터뜨릴 것만 같았다.

"혀가 거짓말할 때 하는 말은?"

"전 혀 아닙니다."

아이는 웃지 않았다. 나는 다시 관 뚜껑을 덮었다.

한 시간 만에 전화를 받은 의사는 공기가 완전히 차단된 환경에서는 시체가 썩지 않을 수도 있다고 했다. 특히 수장을 했다면 관을 밀봉했을 테니 아주 불가능한 일은 아니라고. 시랍화adipocere라는 현상이니 혹시 관심이 있다면 찾아보라고 했다.

나중에 찾아보니 그건 공기와의 접촉이 단절된 시체에서 종종 일어나는 일로, 시체 속 지방이 세균에 의해 분해된 다음 몸속 수분과 결합해 비누로 변하는 현상이었다. 그렇게 비누가 된 시체는 오랫동안 썩지 않고 형태를 유지한다고 했다. 물론 통화할 때는 그 사실을 몰랐고, 알았다 해도 내가 다음에 한 말이 달라지지는 않았을 테지만.

"하지만 중간에 관을 몇 번 열었는데요."

나는 차분하게 말했으나 의사는 한숨을 쉬었다.

"사망진단서와 시체검안서에는 이의를 제기하실 수 없습니다. 법적으로 그래요."

"하지만 죽지 않았을 수도 있잖아요. 인감증명서에 보면 부활이라는 항목도 있던데요."

"그 부활은 그런 뜻이 아닙니다. 장기 실종자가 돌아왔을 때 사망신고를 철회하기 위한 것입니다. 경황없으시겠지만, 보내주셔야 합니다. 그게 아이를 위해서도 선생님을 위해서도 좋은 일입니다."

의사는 그렇게 말하고는 전화를 끊었다. 그건 의사 본인을 위한 일이었다. 의사는 불편한 의사도 잘 밝혀서 의사인가.

"하나도 안 웃겨."

아이가 말했으면 좋겠다.

"하, 나도 안 웃겨."

내가 중얼거렸다.

ETA께.

신경 써 주셔서 감사합니다.

혹시 다시 관을 받으시거든 이번에는 아파트 반대쪽으로 밀어 주실 수 있으신가요?

아이는 죽은 게 맞다고 써야 하는데, 손이 움직이질 않았다. 나는 편지에 아이의 사망진단서를 끼웠다. 그런데 쓰고 보니 편지가 너무 짧아서 ETA가 보인 유감에 제대로 응답하지 못하는 기분이 들었다. 새로운 내용이 하나도 없어서 그런가. 나는 고민을 좀 하다가 관 안에 집에서 간 원두를 넣었다. 아내와 나는 아이에게 커피를 마시지 못하게 했지만, 커피를 마시는 것 빼고는 모두 함께했다. 아이는 커피 냄새를 좋아했다. 우리는 아이와 함께 원두를 갈고, 커피를 내렸다. 아이는 우리 대신 커피잔에 각설탕을 넣고 저었다. 그런 일들이 있었다는 이야기를 편지에는 쓰지 않았다. 그저 감사의 선물을 넣어 두었으니 관을 열어 보라는 말만 덧붙였다.

나는 아파트 반대편에서 관을 밀었다. 일주일이 지났다. 관은 되돌아오지 않았다. 나는 하루에 세 번씩 맹그로브 아래 고인 웅덩이를 뒤적였다. 집안일이었다.

아내에게는 아무 얘기도 하지 않았다. 그녀는 여전히 관사에만 머물고 있었다. 부대 일이 바빠서 그렇다고 말하기는 했지만 사실은 얼굴을 볼 자신이 없어서 그렇다는 걸 나는 알았다. 아내는 결혼하기 전부터 그랬다. 무슨 일이 있으면 혼자만의 시간이 필요하다며 최소한의 연락만을 유지하며 잠적했다가 혼자 기분이 풀려 돌아오곤 했다. 나는 그걸 아내가 참호에 들어간 거라고 여겼는데, 그럴 때 들쑤시는 건 어떤 소식이든 좋지 않아서 그랬다. 아무리 좋은 소식이어도 아내가 참호에 있을 땐 그게 도화선이 되어 2차전, 3차전이 시작되곤 했다. 그런데 이런 터무니없는 소식이어서야. 아내는 내가 망상증에 빠진 거라며 집으로 심리 상담사를 보낼지도 몰랐다. 하지만 막상 찾아온 건 오이 비누처럼 난데없는 사람들이었다.

발코니에 날치가 한 마리만 죽어 있던 날이었다. 에어컨이 삐걱대며 전력으로 돌아가는데도 집이 시원하다는 느낌이 전혀 들지 않았다. 나는 소파에 앉아 창밖만 내다보고 있었다. 가만히 있으면 시원하다는 옛말은 아직 유효기간이 남았다. 선팅 스크린과 방충망 때문에 창밖 풍경은 오래된 전쟁 다큐멘터리 같았다. 햇빛을 오래 못 받은 필름인지 검회색 점 하나가 곰팡이처럼 피어 있었다. 그런데 계속 보다 보니 점이 점점 커졌다. 점점 커져서 원이 되고 작은 육각형이 되었다. 나는 발코니로 뛰쳐나갔다.

뗏목 하나가 집을 향해 떠내려오고 있었다. 뗏목 위에는 한 쌍의 남녀가 있었다. 그들은 시체처럼 널브러져 움직이지 않고 있었다. 폭염 속에서 윤슬의 총구가 그들을 겨누고 있었는데, 그들은 몸을 숨길 여력조차 없어 보였다. 그대로 놔두면 죽을지도 몰랐다.

"이봐요, 괜찮아요?"

내가 소리쳤다. 널브러져 있던 여자가 고개를 들었다. 하지만 두리번거리거나 대답을 하지는 않았다.

"이봐요!"

이번에는 여자가 정확히 나를 보았다. 여자의 눈은 누군가 눌러 주기만을 기다리는 작은 일시 정지 버튼 같았다. 여자가 옆의 남자를 흔들어 깨웠다. 깨어난 남자는 여자와 나를 번갈아 보았다. 외관만 보면 그들은 영락없는 표류자들이었으나 구출되고자 하는 의지는 없어 보였다. 어쩌면 폭염 때문에 이미 뇌가 반쯤 녹아 버린 건지도 몰랐다.

"여기까지 올 수 있겠어요?"

여자는 뗏목 옆을 더듬더니 노를 한 쌍 꺼냈다. 여자는 그걸 뚝딱거리며 흔들어 보이고는 우리 집을 향해 노를 젓기 시작했다. 나는 그동안 무기를 준비했다. 후추 스프레이와 라이터. 호의란 최소한의 자기방어 위에 성립하는 것이다. 앞으로 더 잘하려면 선택권이 있어야 한다. 아내와 살면서 나는 그것만큼은 확실히 배웠다.

그들이 지나간 자리에는 달팽이 점액 같은 희끄무레한 자국이 남았다. 발걸음을 옮길 때마다 마룻바닥이 버석거리는 소리를 냈다. 소금이 긁히는 소리였다. 나는 그들을 거실에 앉히고 물을 내왔다. 그들은 고개만 꾸벅 숙여 인사하고 물을 마셔 댔다. 필터 정수기 한 주전자가 순식간에 동났다. 나는 새로 물을 정수하면서 그들의 상태를 살폈다. 사람의 혈색은 의외로 실시간으로 변하는구나. 거실에 누운 그들은 물 묻힌 비누처럼 매끈한 모습을 되찾아 가고 있었다.

30분이 지났다. 그들은 자기들에게 무슨 일이 일어난 건지 설명했다. 나는 주머니 속에 든 라이터와 후추 스프레이를 만지작거리며 이야기를 들었다.

그들은 환경 관련 행동주의 시민단체, 세이브 더 쇼어Save The Shore의 단원이라고 했다. 나도 이름은 들어 본 적 있는 단체였다. 그들은 소위 블랙번 사태를 끈질기게 추적 보도하며 유명세를 얻었다. 모든 게 아름다워 보이는 검은 해변과 그 해변에 살다가 원인 모를 병에 걸려 온몸이 녹아내린 사람들의 일은 한낮 거리에서 들려온 총성만큼이나 충격적이었다. 그러나 그 충격의 유효기간은 짧았다. 원인 모를 투기 광풍이 불면서 블랙번은 모두 사유지가 되었다. 철책이 쳐지면서 블랙번은 한국 땅에서 고립되어 버렸다. 혹자는 블랙번의 검은 해변이 거기에 석유가 있다는 증거로 받아 들여졌다고 투기의 원인을 분석하기도 했으나 정말로 그랬는지는 알 수 없었다. 그곳에 철책을 친 사람들은 모두 녹아내려 해변의 일부가 되었고, 그 땅은 그들의 자손과 친척들에게 상속되어 철책 너머에서 조용히 썩어갈 뿐이었다.

문제는 해수면이 급격하게 높아지기 시작한 다음부터였다고, 여자는 말했다.

"우리는 블랙번 사태가 발생했을 때부터 그걸 경고해 왔죠. 해수면 상승은 아름다운 해변을 파괴할 뿐만 아니라 블랙번의 독성을 전 세계로 퍼뜨리기도 할 거라고요."

여자는 자랑스러운 건지 참담한 건지 알기 어려운 표정이었다. 나는 말을 좀 끊고 싶었는데, 그들의 말은 비누칠이라도 되어 있는지 매끄럽게 이어져 도무지 치고 들어갈 틈이 없었다. 어찌나 무아지경으로 말하는지 둘이 말하다 하나가 죽어도 모를 지경이었다.

물론 해수면 상승이야 수십 년 전부터 받아 온 경고였기 때문에 그 자체로 놀라운 일은 아니었다. 놀라운 것은 그 속도였다. 몇 년 새 스콜성 기후와 다름없어진 한국의 여름 날씨가 모두의 신경을 교란시키는 동안 해수면은 순식간에 불어나 해변들을 먹어 치웠다. 오래 지나지 않아 더러운 거품이 이는 바닷물이 주변 마을들까지 삽시간에 집어삼켰다. 마을은 해변이 잠기는 데 걸린 시간의 절반도 채 되지 않아 물속으로 사라졌다.

"민주주의 사회는 눈앞의 이해득실에는 과민하게 반응하지만 천천히 다가오는 재앙에 관해서는 지나칠 정도로 관대하다는 특징이 있습니다."

자연스럽게 말을 이어받은 남자는 R7-V이라는 데이터 수집

스파이더와 이런저런 리포트에 관해 주워섬겼는데, 나는 거의 이해하지 못했다. 하지만 사회가 어떻게 변했는지에 관한 그들의 설명은 내가 막연하게 알던 것보다 더 구체적이었다. 말만 들으면 이 모든 게 예정된 재앙처럼 느껴졌고, 그들은 무시당한 선각자라도 되는 것 같았다.

"되돌아볼 땐 모든 게 당연해 보이는 법이죠."

나는 짜증을 누르고 말했다.

"아니요. 깨끗한 눈으로 보기만 한다면 어떤 미래든 대비할 수 있습니다."

여자가 말했다.

"그게 무슨 소리죠?"

나는 하도 어이가 없어서 거의 돌이라도 던지듯 대꾸했는데, 남자가 물수제비처럼 내 말을 그대로 이어받았다.

"그게 무슨 소리냐면 이제 발등까지 물이 차올랐다는 걸 깨달은 정치권에서 재빠르게 〈벽치기 계획〉을 발표했다는 뜻입니다."

〈벽치기 계획〉이란 상승하는 해수면을 벽으로 막아 주요 도시들을 수해로부터 보호하겠다는 계획이었다. 보통 이런 안은 쓰나미처럼 거대한 논란을 동반하기 마련이다. 왜 어떤 지역은

벽 안에 포함되고 어떤 지역은 그렇지 않은가. 이건 심지어 집값이 오르냐 내리냐 하는 것보다 더 중대한, 죽느냐 사느냐 하는 문제였으니까. 하지만 〈벽치기 계획〉은 그런 논란을 다소 기묘한 방식으로 돌파했다. 바로 벽 건설에 적어도 20년은 걸릴 거라고 발표해 버린 것이었다. 늦장 대응이라는 키워드와 지역 차별이라는 키워드가 지지부진한 갈등을 거듭하는 가운데, 확실한 건 공사를 미룰 수는 없다는 사실뿐이었다. 벽은 임시 조치와 향후 개선이라는 변명을 덧붙여 가며 구불구불하게 지어졌다. 벽의 보호를 받지 못할 사람들은 어떻게든 벽 안으로 이주할 방법을 찾아야 했다. 각자도생이었고, 당연히 모두 들어갈 수는 없었다.

"이미 벽 바깥은 물의 세계가 된 지 오래여서 사람들은 블랙번 문제가 모두 해결되었을 거라고 믿습니다. 하지만 여전히 물 위의 우리들은 위기에 처해 있습니다. 우리는 그 증거를 찾아 떠돌아다니다가 난파했습니다. 처음 보는 생물이 우리를 갑자기 공격했습니다. 대개 해양 생물은 인간을 먼저 공격하지 않는데 독성 물질 때문에 성정이 변했거나 변종이 태어난 것 같습니다."

여자는 팔뚝에 남은 길쭉한 흉터를 보여 주었다. 남자는 옆에서 고개를 절레절레 흔들며 상처가 만들어지던 순간을 기록한 비디오카메라를 잃어버린 걸 아쉬워했다. 구불구불 이어지던 그들의 말은 결국 내가 자기네들의 사업에 관심이 있는지로 이어졌다.

"아이가 죽었습니다."

나는 참다못해 말했다.

"아이 때문에 벽 밖으로 밀려나셨군요. 흔한 일이죠."

남자가 말했다.

"지금 그게 문제가 아니지 않습니까?"

"괜찮습니다. 앞으로 더 잘하시면 되죠. 처음에는 다들 생각할 시간이 필요하더군요."

여자가 말했다. 나는 그 말에 완전히 이성을 잃었던 것 같다.

"꺼져. 난 당신들 생명의 은인이야."

나는 후추 스프레이와 라이터를 움켜쥐고 에어컨 바람을 등지고 섰다.

"저희도 곧 그렇게 될 것입니다."

그건 남녀가 두 손을 들고 천천히 일어나기 전에 마지막으로 지껄인 말이었다. 싸움이 벌어지지는 않았다. 그러기에는 날이 너무 더웠다. 그들은 좋게 떠났으나 또 찾아올 거라는 사실은 명백했다. 나는 다시 곰팡이 같은 점으로 되돌아가는 그들을 보며 후추 스프레이와 라이터를 쓰다듬었다. 한 방 쏴 버렸어야 했는데……. 그냥 세상이 다 열받아서 돌아 버린 게 아닌가 하는 생각이 들었다.

그것은 마치 대멸종을 보는 것과 같은 느낌이었다. 발코니가 수십 마리의 날치 사체로 수북했다. 매년 이맘때가 되면 보아 온 광경이었지만, 그 냄새에는 도무지 익숙해질 수가 없었다. 죽은 날치들에게서는 상한 분유 냄새가 났다. 떼죽음은 곧 장마가 시작될 거라는 의미였고 아니나 다를까 다음 날부터 비가 쏟아지기 시작했다. 에어컨을 제습에 최저 온도로 틀어 놓지 않으면 버틸 수 없는 시기. 이때를 위해 우리 부부는 늘 전력을 아껴 저장해 두었다.

여름 장마로는 뜨거운 비가 내렸다. 아내는 비 때문에 뱃길이 막혀 집에 올 수 없다고 했다. 내가 며칠 전에 찾아온 남녀 이야기를 했더니 아내는 사이비 종교의 흔한 수법이라면서 그들을 집에 들인 내 부주의를 탓했다. 신소하다 못해 쩍쩍 갈라지는 목소리였으나 내용만큼은 여전히 나를 걱정하고 있어 다행이었다. 장마가 끝나면 반드시 돌아오겠다고, 아내는 나를 안심시켰다. 그리고 이렇게 덧붙였다.

"아이는 또 가지면 되지. 언젠가 준비가 되면."

전화를 끊고 나는 한동안 좀 멍했다. 더워서만은 아니었다. 아내가 말을 끝까지 하지 않은 것 같아서였다.

"다음번엔 더 잘할 수 있지?"

나는 중얼거려 보았다. 그건 질문 같기도 했고 그렇지 않은 것 같기도 했다. 말이 아지랑이처럼 머리 위를 맴돌았다. 아직 유효한 말 하나: 비가 오면 메아리가 더 잘 친다.

BFN께.

커피 잘 마셨습니다. 말씀대로 관을 아파트 반대편으로 떠내려 보냅니다. 편지는 받지 못하시기를 바랍니다만, 혹시 받으셨다면 커피를 좀 더 보내 주실 수 있을까요. 이렇게 몸에 잘 받는 커피는 처음입니다.

만약 관이 또 되돌아갔다면 이제는 슬슬 업체에 얘기해 봐야 하지 않나 싶습니다. 주소가 있어야 해류 분석이든 뭐든 방법을 찾을 수 있을 것 같아 주소를 첨부합니다.

인천 서구 청라라임로 131, 101동.

감사합니다.

ETA드림.

관이 되돌아오는 주기가 늦어진 것은 우리 둘 다 관을 반대편으로 띄워 보냈기 때문인 모양이었다. 나는 관을 끌어 올려 열어 보았다. 아이는 여전히 아기자기하게 꾸며진 방에서 잘 죽어 있었다. 조금도 썩지 않은 채였다. 인간은 시체를 볼 때 강렬한 두려움과 슬픔에 사로잡힌다고 한다. 그러나 나는 그런 감정을 전혀 느끼지 못했다. 단지 내 아이라서 그런 것만은 아닌 것 같았다. 멍하니 아이를 내려다보고 있는데 아이가 손을 뻗어 내 손가락을 잡았다.

"제가 더 잘할게요."

나는 깜짝 놀라 아이의 손을 꽉 쥐었다. 손은 부드러웠다가, 미끄러웠다가, 거품만 남았다. 다시 보니 빈손에 내 손톱자국만 깊게 패어 있었다. 아이의 왼손은 그대로 왼팔에 붙어 있었다. 아이는 애초에 움직인 적조차 없는 것 같았다. 다행히.

ETA의 말대로 이제는 관을 업체에 다시 맡기는 게 좋을 것 같았다. 그러나 업체에서는 이렇게 말했다.

"장마가 끝날 때까지는 벽 밖으로 파견을 보낼 수 없습니다. 안전 문제도 있고 인력 문제도 있어서요."

나는 업체가 말하는 장마가 지금 이 일시적 폭우를 뜻하는 건지, 사전적 의미의 장마 기간을 뜻하는 건지 물었다. 업체는 대답을 흐렸다. 아무튼 장마가 끝나면 다시 전화하라는 것이 그들이 담당자에서 담당자로 전화를 넘겨 가며 구불구불 늘이고 빙빙 돌린 말의 한 줄 요약이었다. 마지막으로 전화를 넘겨받은 장례 지도사는 예의 느릿한 말투로 말했다.

"물이 불어나면 물길이 좀 달라질 수도 있습니다. 다시 한번 관을 띄워 보는 게 어떠십니까?"

그의 익숙한 말투를 들었을 때부터 나는 그가 그렇게 말할 것을 알고 있었다. 꼭 이끼 낀 미래 속에 갇힌 듯한 기분이 들었다. 그 위로 물이 모른 척 흐르면서 거품이 일고 더위를 먹고…… 그 물이 소금물이라면 작은 기둥이 생길 수도 있을 것이다.

어쨌든 달리 할 수 있는 일이 없었기에 나는 관을 계속 떠내려 보냈다.

지나가는 배에 관을 며칠만 끌어 달라고 부탁했다. 일주일이 지났다. 나는 ETA의 취미가 셀프 인테리어라는 걸 알게 되었다. 과연 아이의 관을 잘 꾸며 놓을 수 있었던 데에는 이유가 있었다.

관이 보이면 물이 흐르는 방향과 수직을 이루게 밀어 달라고 적은 종이를 코팅해 붙였다. 일주일이 지났다. 나는 ETA가 한 번도 결혼을 고려해 본 적 없는 젊은 남자라는 사실을 알게 되었다. ETA는 아이를 낳은 나를 신기하게 여겼다. 그는 자신이 비출산주의자라고 말했는데, 자기에게는 아이가 너무 무섭고 또 무겁다는 게 이유였다. 그는 혼자 벌어 혼자 쓰는데도 죽을 때까지 벽 안에 집을 구할 수 없을 것 같다고 했다. 해수면이 앞으로 더 높아질 거라는 연구 결과도 있다며 두려움에 떨었다. 만약 자기가 아이를 낳는다면 그 아이는 반드시 불행해질 거라고 확신했다. 나는 그렇다면 ETA가 어떻게 아이의 관을 꾸며 줄 생각을 했는지가 의문이었는데, ETA는 죽은 아이에게도 그렇게까지 잘 해 주고 싶은데 산 아이를 어떻게 키우겠냐고 했다. 맞는 말 같기도 했다.

비가 유독 더 많이 내리는 날 관을 밀었다. 일주일이 지났다. 나는 ETA가 출퇴근을 하지 않는 프리랜서 미술가라는 사실을 알게 되었다. 커피가 필요한 이유는 자기가 밤에 작업을 해야 영감이 잘 오는 타입인데 잠이 많아서 늘 고생이기 때문이라고 했다. 그는 내 아내가 군인이라는 이야기를 듣고 난 후에도 남자가 아이를 키우느라 고생했겠다는 둥 요새는 육아도 남녀평

등이라는 둥 하는 말을 일절 하지 않았다. 나는 그게 마음에 들어서 내게 남은 커피를 다 보내 주었다. 아이도 아내도 없으니 커피에 손이 가지 않더라는 말은 덧붙이지 않았다.

우리의 화두는 언제나 관으로 시작해 관이 아닌 것으로 끝났다. 편지는 점점 길어졌다. 직접 말하지는 않았지만 ETA 역시 나 못지않게 심심한 일상을 보내고 있는 것 같았다. 언젠가 기회가 되면 내게 그림을 가르쳐 주겠다며 색칠 공부를 할 수 있는 밑그림을 보내 주었을 때 나는 좀 감동하기도 했다. 또한 ETA는 종종 시체의 부패를 걱정했다. 그는 유화를 예시로 들면서 습한 환경에서는 시체도 더 빨리 부패하지 않겠냐고 했다. 시체가 본격적으로 썩기 시작하면 냄새가 날 것 같다고도 했고 (이 문장을 읽었을 때 나는 좀 불쾌했는데) 그러면 물고기들이 그 냄새를 맡고 관을 뜯어 먹을까 봐 걱정이 된다고도 했다(그도 그 사실을 알았는지 말을 빠르게 수습한 티가 났다). 나는 관이 단단히 밀봉되어 있으니 그럴 리가 없다고 생각했으나 ETA의 생각은 달랐다. 그에 따르면 집 앞에 도착한 관을 유심히 보고 있으면 관 뚜껑이 통통 튀기도 한다는 거였다.

열어 볼 때마다 꼭 살아 있는 것 같다니까요. 죽었다니까 그런 거겠지만.

ETA는 그렇게 썼다. 나는 편지에 관을 열어 보지 말았으면 좋겠다고 썼다가 지웠다. 그러고 보니 나는 한 달 넘게 관을 열어 보지 않았다. 아이가 보고 싶지 않은 건 아니었는데 왜 그랬는지 나도 잘 모르겠다.

 업체도 아내도 집에 못 오겠다는 와중에 꾸준히 나를 찾는 이들이 있었다. 바로 그 남녀였다. 그들은 폭염 속에 뗏목 항해를 하고도 살아남은 것이 우연이 아니라는 듯 폭우 속에서도 배를 잘만 몰았다. 나는 첫 만남 이후로는 그들이 다가와도 모른 척했다. 아내의 말이 아니었더라도 그들이 우연한 표류자가 아니었다는 건 내게도 명백했다. 그들은 눈치가 없는 건지 낙천적인 건지 20~30분 동안 불러도 내가 내다보지 않으면 종이비행기를 던지고 돌아갔다. 종이비행기에는 자기네들의 조사 내용이나 대화를 나눌 준비가 되면 언제든 알려 달라는 말, 연락처 따위가 적혀 있었다.
 그 정도 실력이면 종이비행기 세계 선수권 대회나 나가시지. 아직 하는 거 같딘데.
 ETA는 그렇게 농담을 던졌다. 내가 농담이 아니라 정말 좀 무섭다고 그들이 어느 날 발코니에 떡하니 서 있을까 봐 항상

후추 스프레이와 라이터를 챙겨 다닌다고 했더니 ETA는 그제야 좀 진지한 태도를 보였다. 그러고는 자기가 아는 방법이 하나 있다고 했다.

남녀는 내가 기꺼이 그들을 안으로 들이자 조금 놀란 듯했지만 거절하지 않고 들어왔다. 나는 에어컨을 미리 꺼 두었는데, 그들은 그에 관해서는 묻지 않았다. 오히려 광대를 타고 흐르는 땀 따위는 중요하지 않다는 듯 혹시 자기네를 피하는 게 아닌가 싶어 걱정했다며 너스레를 떨었다.

"지난번엔 저도 좀 과했다 싶어서요."

나는 안주머니에 넣어 둔 호신 용품의 딱딱한 모서리를 느끼며 그들에게 뜨거운 차를 대접했다. 그들은 땀을 뻘뻘 흘리면서도 냉큼 받아먹었다. 역시 더위와 습기 따위로는 어림도 없었다.

"도와주셔야 할 일이 있어요."

남녀는 뭐든지 힘닿는 대로 도와드리겠다며 예의 바른 미소를 지어 보였다. ETA의 예상대로였다. ETA에 따르면 사이비 종교의 포교 매뉴얼에는 혼자 사는 남자의 경우 집안일을 도와주면서 마음을 얻으라고 되어 있다고 했다. 나는 그런 정보를 어디서 얻었냐고 물었는데, ETA는 인터넷을 하다 보면 자연스럽게 알게 되는 것들이라고 했다. 잘은 몰라도 그가 쓰는 인터넷은 나와는 사뭇 다른 모양이었다.

내가 밧줄을 가지고 나오자 남녀는 서로 얼굴을 마주 보고 눈빛을 교환했다. 그러거나 말거나 나는 그들을 데리고 발코니로 나갔다. 발코니 아래에 있는 관을 보여 주자 그때는 그들도 얼굴이 조금 굳었다. 하지만 이제 와서 무를 수 있을 리가. 나는 미리 맹그로브 뿌리에 관을 얽어 놓고 하루 묵혀 놓았다. 그 결과 관은 맹그로브에 완전히 엉겨 붙어 있었다. 남자는 아래로 내려가 맹그로브 뿌리를 풀었고, 여자와 나는 위에서 밧줄을 잡아당겼다. 마침내 관이 끌어 올려졌을 때 힘을 잔뜩 쓴 그들은 얼굴이 잔뜩 상기되어 있었고, 온몸이 비에 젖어 몰골이 말이 아니었다. 나는 감사하다고 과장된 인사를 했다.

"고생하셨으니 밥이라도 한 끼 하고 가실래요?"

내가 물었다. 그들은 서로를 마주 볼 필요도 없이 동시에 고개를 가로저었다. ETA의 예상과는 달리 이게 무슨 관인지도 묻지 않았다. 그때를 대비한 의미심장한 미소까지 준비해 두었는데 말이다. 남녀는 도망치듯 내 집을 떠났다. 폭우 때문에 난폭해진 바다 너머로 그들이 멀리 사라지는 걸 보며 나는 낄낄 웃었다. 역시 싸우지 않고 이기는 것이 최상이다. 물론 이건 손자

병법이 아니라 아들병법이었지만 아무렴 어때. 너무 웃어서 눈물이 나왔다. 이럴 땐 에어컨 냉방 버튼을 누르는 손가락마저 유쾌했다.

그런데 에어컨이 정말로 켜지지 않았다.

에어컨을 고칠 방법이 없었다. 예비 전력이 동난 것도 아니었고, 분해해 봐도 딱히 뭐가 문제인지 알 수가 없었다. 이런 날씨에 실외기를 점검하겠다고 나가는 건 미친 짓 같았다. 출장 서비스는 비가 그쳐야지만 올 수 있다고 했다. 두 달 가까이 되어 가는데도 폭우는 멎을 기미가 보이지 않았다. 올해에는 겨울까지 내내 비가 내릴 거라는 일기예보가 있었다. 뺨을 타고 미지근한 땀이 흘러내렸다. 그때까지 이 집에 있다가는 나도 죽어 버릴 게 분명했다. 폭염 때문에 죽은 사람의 수가 올해 벌써 200명이 넘었다고 했다. 심지어 그건 벽 안의 사망자만 따진 통계였다.

"차라리 앰뷸런스를 불러 보는 건 어때?"

아내는 자기가 할 수 없는 일은 철저히 배제하는 사람이었다. 자기가 돌아와 봤자 도움이 되지 않는다는 견적을 낸 아내는 집으로 오겠다는 말 따위는 빈말로라도 꺼내지 않았다. 나는 이미 119에도 전화해 보았지만, 해상 앰뷸런스는 재작년부로 운영되지 않고 있으며 헬리콥터도 이런 날씨에는 뜰 수 없다는 답변만 들었다고 전했다. 아내는 탄식을 내뱉더니 그렇다고 작전 병력을 투입할 수는 없다고 말했다. 그것은 직권 남용이며 애당초 자기 권한 밖의 일이라고 했다.

"잘 버텨 봐. 자기 아직 건강한 중년이잖아."

결국 아내의 결론은 언제나와 같이 무던했다. 문제는 내 상태가 언제나와 같지 않았다는 점이었다. 아내가 멀리 떨어져 있어도 아이가 죽어도 살 수 있지만, 에어컨 없이는 살 수 없었다. 하루 종일 땀이 줄줄 흐르는 탓에 눈앞이 뿌옇게 흐렸고 잠도 오지 않았다. 거울을 보니 눈이 붉었는데, 그게 땀 때문인지 수면 부족 때문인지 알 수 없을 지경이었다.

나는 매일 발코니에 나가 날씨를 확인했다. 근 두 달 동안 몸집을 불린 바다는 제 살집을 감당하지 못하고 폭력적으로 출렁였다. 이런 날씨라면 세이브 더 쇼어의 남녀도 항해는 꿈도 꾸지 못할 것 같았다. 하지만 더 갇혀 있다가는 죽을 판이었다. 인간은 일주일만 잠을 자지 못해도 뇌가 서서히 죽기 시작한다고 했다. 그러니 일을 벌였을 때 내 판단력은 어쩌면 이미 시체 수준이었는지도 몰랐다.

그러니까 내 논리는 이랬다. 지금 이 세계에 확실한 것이 단 하나 있다면 그건 내 아이를 실은 관이었다. 지난 두 달간의 폭우 속에서도 관은 한 치의 오차도 없이 ETA와 내 집 사이를 오갔다. 오늘보다 더 심한 비가 내리던 날에도 답장은 어김없이 돌아왔다.

나는 관을 집 앞에 띄우고, 그 위에 몸을 묶었다. 안에 든 공기 덕분인지 관은 훌륭한 튜브 역할을 수행했다. 파도가 나를 덮쳤다. 하지만 관은 뒤집어지거나 깊이 가라앉았다가도 냉큼 수면 위로 떠올랐다. 편지가 오가는 데 일주일이 걸리니 아마 이틀, 길어야 사흘만 참으면 될 것이다. 게다가 다행인지 불행인지 물속이 집 안보다 더 시원해서 나는 중간중간 쪽잠마저 잘 수 있었다.

나는 날치들이 파도 위로 날아오르는 것을 보았다. 허리까지 물에 잠긴 아파트들도 있었다. 교회 지붕에 달린 십자가는 돛이 날아가 버리고 마스트만 남은 캣 보트 같았다. 타이어나 비닐봉지 따위의 쓰레기들이 둥둥 떠다녔고, 가끔은 작은 동물 사체들도 있었다. 그 모든 것들이 출렁이는 바닷물 속에서 뒤섞이고 있었다. 오직 식물들이 뿌리를 내린 곳만 물살이 잠잠했다. 그런 곳에 사체가 걸려 있으면 까마귀나 날치 따위가 사체에 달려들어 살을 파먹었다.

나와 ETA의 집을 잇는 물길은 항해라고 하기는 조악한 코스였다. 아파트 단지를 빠져나가자 다른 아파트 단지가 나왔고, 그다음에는 물에 잠긴 신호등들이, 신호등들을 지나면 또 다른 아파트 단지가 나왔다. 계속 그런 식이었다. 망망대해 같은 건 없었고 장소별로 차이가 있다면 아직 사람이 살고 있느냐 그렇지 않느냐 정도. 맹그로브가 단정하게 자라는 건물과 식생과 반쯤 한 몸이 된 건물이 인공과 자연의 경계를 아슬아슬하게 형성했다.

나는 또 아주 이상한 풍경들도 보았다. 나무의 거대한 뿌리 사이를 뛰어노는 초록 피부의 아이들이 있었다. 자세히 들여다보니 그들은 두 부류로 나뉘는 것 같았는데, 한쪽은 광합성이라도 하려는 듯 멍하니 누워 있었고 다른 한쪽은 누워만 있는 아이들을 잡아먹었다. 그들은 피까지 녹색인지 입가가 진해지기만 할 뿐 붉게 물들거나 하지는 않았다. 날개 달린 뱀장어나 부리 달린 붕어들도 있었다. 이런 환경에서 정상적인 새들은 살아남을 수 없었겠지. 진화란 빠른 속도로 일어나는 것이 아니라고 했다. 그렇다면 그것들은 꽤 오래전부터 세계에 존재했었는지도 모른다. 다만 가구 뒤의 곰팡이처럼 우리 눈에 띄지

앉았을 뿐.

 나는 물을 마셨고, 목이 말랐고, 더웠고, 추웠고, 또 물을 삼켰고…… 목이 탔다. 얼마나 시간이 지났을까. 비는 계속 내렸고, 파도도 멎지 않았다. 바닷물이 얼굴을 덮었다가 씻겨 나가기를 반복하는 사이 얼굴에 염분으로 된 막이 생긴 것 같았다. 상처와 주름마다 소금이 자라나 어느 순간부터는 빗물에 씻기지도 않았다. 눈을 뜰라치면 눈이 불타 버릴 것만 같아서 눈을 감아 버린 채 한참을 흘려보냈다. 이런 항해를 하고 있었구나. 나는 관을 쓰다듬어 보았다. 옻칠이 된 단단한 나무. 그 위로 소금이 새긴 무늬가 느껴졌다. 눈에만 보이지 않았을 뿐 아마 여태 이랬겠지. 나는 어쩌면 처음으로 아이가 내내 죽어 있었기를 바랐다.

 언젠가부터 관이 파도에 요동치지 않는다. 나는 까무룩 잠들었다 깨어나기를 반복하고 있다. 어떤 인도를 받는 것처럼 나와 관이 부드러이 끌어 올려진다. 몸이 물에서 빠져나오자 물집을 터뜨릴 때처럼 아리고 따갑다. 눈꺼풀 사이로 반짝임이 파고든다. 비가 내리는 동안 하늘이 늘 흐리지는 않았다. 햇살이 밝은 날일지도 몰라. 부드럽고 시원한 것이 내 얼굴을 쓰다듬는다. 익숙한 말투가 들려온다.

"왜 왔어요?"

나는 잠긴 목소리로 이렇게 대답한다.

"보고 싶어서 왔어."

트러블 리포트

▶▶

 2022년 8월 8일은 근대적 방식의 기후 관측이 시작된 이후 115년 만에 서울에 가장 많은 비가 내린 날이다. 8월 8일부터 사흘간 내린 폭우로 인해 14명이 죽고 26명이 부상을 입었다. 이 기록은 일기예보에서 장마 대신 우기와 건기라는 말을 사용하게 되기까지 깨지지 않았다. 때문에 한반도의 기후변화에 관해 이야기할 때 해당 기록은 여전히 상징성을 지닌다. 요즘 우기에 비하면 별것도 아닌 강우량이었는데도 말이다. 또한 2022년은 코로나 바이러스 팬데믹으로 인한 사회적 거리 두기 정책이 완화되고 단계적 일상 회복이 진행되던 시기이기도 하다. 8월은 코로나 바이러스의 11번째 변이인 오미크론의 유행이 끝나 가던 무렵으로, 이상기후 담론이 코로나 바이러스로 인해 잔뜩 높아진 대중의 신경 역치를 자극할 만한 새로운 걱정거리로 떠오르고 있었다. 그러나 훗날 한국 생태사에 가장 중요한 사건으로 남게 될 일은 정작 인천의 한 외딴 해변에서 일어나고 있었는데, 그에 관한 보도는 현재 어디에서도 찾아볼 수 없다.

지질학자 겸 저술가로 활동하며 김포가 서울시에 편입되는 데 일조한 김상덕 씨는 그날 일어났을 일에 관해 다음과 같이 추측한다.

"1992년 난지도가 포화 상태에 이르면서 정부는 당시 김포군에 서울특별시와 인천직할시, 경기도가 공동으로 사용할 광역 쓰레기 매립지를 조성했습니다. 당초 2016년까지 사용될 예정이었던 해당 매립지는 대체 지대를 찾지 못해 2025년까지 사용 기한이 연장되었습니다. 주민들의 반대가 극심했고 제대로 처리되지 않은 보상 문제들도 많았습니다만, 잘 알려지지 않은 운영상의 문제도 하나 있었습니다. 2018년의 일입니다. 당시까지 사용하고 있던 제2 매립장은 1월에 포화 상태에 이를 것으로 예측되었는데, 제3 매립장이 아무리 서둘러도 7월 이전에는 운영을 시작할 수 없는 상태였습니다. 5개월 가량의 매립 공백이 불가피했습니다. 허리띠를 졸라매다시피 진행한 매립 효율화 작업 덕분에 실제로 공백이 그만큼 길어지지는 않았습니다만, 하필 그즈음 중국에서도 쓰레기 수입을 금지해 버리는 바람에 많은 쓰레기가 임시로 매립되는 일은 피할 수 없었습니다. 그 '임시 조치'된 쓰레기들은 나중에 제3 매립지가 가동을 시작하면 그때 옮겨 묻기로 되어 있었습니다. 하지만 사람 일이 그렇게 되나요. 그 사이 담당자가 바뀌고 임시 매립이 있었다는 사실을 피부로 기억하는 직원들 역시 다른 근무지로 발령받게 되면서 그 '임시 조치'는 까맣게 잊혔습니다. 자료 청구를 해 보면 확인할 수 있는데, 만약 그 임시 매립 쓰레기들을 제대로 처리했더라면 해당 사항은 업무 기록에 반드시 남아 있어야 합니다."

환경부의 10년 치 전자 공시 데이터를 확인해 보면 실제로 '불법 매립' 혹은 '임시 매립' 같은 말은 보고서에 거의 등장하지 않고, 등장할 때조차 이를 방지하는 방안에 관한 내용만 나온다. 해당 전자 공시 데이터를 수집한 스파이더 R7-V의 메인 보드에는 다음과 같은 문구가 적혀 있다. "조직은 기억하지 못한다. 문제는 언제나 방치되거나 충분히 다루어지지 못한다."

R7-V를 운용하는 환경 단체 세이브 더 쇼어의 얼굴이 알려지지 않은 대표는 해당 임시 매립 쓰레기에 관해 이렇게 말했다.

"쓰레기를 매립할 때는 하루에 3,300톤가량의 침출수가 발생합니다. 묻은 뒤에는 부패로 유독가스 또한 발생하지요. 2000년경부터 국내에 도입된 친환경 매립지는 위 두 가지 문제를 해결하는 데 주안점을 둡니다. 침출수는 탈리액을 이용한 특허 기술로 처리해 2급수로 정화 방류하는 것으로, 유독가스는 발전소에서 태워 전기 생산에 활용하는 것으로요. 옛 매립지 위에 생태 공원이 조성될 수 있는 건 그런 노력 덕분입니다. 하지만 2022년, 김포 광역 쓰레기 매립지에도 같은 것을 기대할 수는 없었습니다. 꾸준히 제기된 악취 관련 민원만 봐도 임시 매립 쓰레기들을 제대로 조치하지 못했음은 명백합니다. 2022년 8월 8일부터 사흘간, 인천에도 서울 못지않게 많은 비가 내렸습니다. 폭우는 침출수 유출에 결정적인 역할을 합니다. 음식물 쓰레기 봉투를 상상해 보십시오. 아무리 꽉 묶었다고 해도 물웅덩이에 던져 넣으면 샐 겁니다. 높은 곳에서 던지면 터질 수도 있죠. 수년간 제대로 처리되지 못한 채 농축되어 온 오염 물질들이 그날의 비로 유출되어 블랙번으로 흘러 들어간 겁니다."

세이브 더 쇼어에서 제작한 해안 청소 프로그램의 홍보 영상을 보던 오성경 씨는 맥주를 책상에 거칠게 내려놓았다. 눈시울이 붉어지는 것을 보니 손수 역학 조사팀을 꾸려 블랙번에 갔던 때의 일을 떠올리는 모양이었다. 청문회 자료에 따르면 두꺼운 회백색 방호복을 입은 대학원생들이 블랙번 해변을 파헤쳤을 때, 침출수의 증거인 유해 화학물질은 전혀 검출되지 않았다. 오성경 씨는 믿기지 않아서 계속 파라는 지시를 내렸다. 표적 물질이 간이 검사로 확인 가능한데도 다른 팀에 손을 벌리지 않고 직접 블랙번까지 간 오성경 씨였다. 음모나 중상모략도 아닌 오답은 그녀가 받아들일 수 있는 결론이 아니었다. 구멍을 팔 때마다 올라오는 역겨운 냄새가 그녀의 가설을 지지하는 것 같아 가슴이 부풀었지만, 검사 결과는 매번 음성이었다. 10번째 검사지마저 아무리 노려봐도 붉은 선을 드러내지 않자 우직한 김포 여인 오성경 씨조차 결국 포기하는 수밖에 없었다. 그녀는 대학원생들의 눈치를 보며 철수하자고 중얼거렸다. 어쩌면 그녀가 유해 물질의 부재야말로 자기주장을 뒷받침하는 가장 중요한 증거라며 힘주어 강조하는 것은 그때의 아쉬움을 제대로 묻어 버리지 못한 탓인지도 몰랐다.

 "블랙번의 암모니아성 질소 수치와 페놀 수치는 비정상적으로 낮았습니다. 도시의 아무 흙이나 퍼다가 측정한 것보다 더요. 분화구나 심해처럼 극단적인 환경에서도 생태계가 형성되는 걸 아시죠? 블랙번에도 침출수를 양분 삼아 살아가는 생물들이 나타나 오염 물질들을 먹어 치워 버린 것이 분명해요. 아직 우리가 그 증거를 찾지 못했을 뿐입니다. 블랙번이 조금만 더 빨리 발견되었더라면 분명 반박할 수 없는 증거를 확보할 수 있었을 거예요."

남은 맥주를 한입에 털어 넣은 오성경 씨의 미간에 빗줄기처럼 가느다란 주름이 잡혔다. 그녀는 매년 10여 편의 논문을 발표하며 여전히 왕성한 활동을 이어 가고 있는 대학 교수다. 그러나 직함이 무색하게도 오성경 씨의 주장은 학계의 주류 의견이 아니다. 대부분의 학자는 블랙번에서 일어난 일이 단순히 환경오염에 의한 것이라고 말할 수는 없다고 입을 모은다. 쓰레기 문제가 현대에 새롭게 대두된 것이 아니기 때문이다. 가령 칼럼 「도시는 무엇으로 사는가?」의 서두를 인용하자면 다음과 같다.

"인간이 도시를 이루고 살면서부터 쓰레기는 늘 골칫거리였다. 조선 시대에는 성안에서 나오는 재나 분뇨 등을 마땅히 처리할 방법이 없어 청계천이나 길가에 그대로 버렸다. 개천이 막히고 똥물이 우물을 더럽히고 길가에 재가 날리는 건 예삿일이었다. 위생 불량으로 인해 주기적으로 전염병이 창궐했음은 말할 것도 없다. 1896년 5월 2일 자 독립신문에는 '지금 서울에 있는 우물물을 분석해 보면 그 물이 물이 아니라 거름을 거른 것이니 이런 물을 먹는 까닭에 여름이면 설사로 죽는 사람이 많이 있고, 열병과 학질이 많이 도니 백성이 병이 많으면 나라가 자연히 약해지는 것이라.'라고 쓰인 기사가 실려 있다."

이와 관련하여 환경부 소속 싱크 탱크 대변인이 유튜브 채널을 통해 밝힌 입장도 들어 봄 직하다. 재활용 직물로 만들었다는 초록 새싹 모자를 쓰고 카메라 앞에 선 대변인은 "물론 쓰레기의 양과 종류가 현대에 와서 기하급수적으로 늘어난 것은 사실이며, 전에 없던 문제들을 초래하는 것도 맞습니다. 그러나 수도권 매립지의 쓰레기들은 대부분 생활 쓰레기입니다. 거기서 연유하는 오염이 종래에는 없던 새로운 사태를 촉발했다고는 상상하기 어렵습니다."라고 또박또박 발표했다.

해당 영상은 업로드 일주일 만에 신고 누적으로 인해 유튜브에서 삭제되었다. 지금은 인터넷 아카이빙 페이지를 통해 댓글만 확인할 수 있는데, 개중에는 블랙번 사태가 북한에 의한 생화학 테러라고 주장하는 댓글이 제법 있다. 그러나 감염 경로부터 증상까지 모든 것이 의미 불명인 블랙번 사태로 북한이 도대체 뭘 얻을 수 있는지 생각해 보면 생화학 테러설은 그다지 설득력 있어 보이지 않는다. 특히 블랙번이 어떻게 발견되었는지를 생각해 보면 더더욱 그렇다.

블랙번 사태가 발생한 것은 2022년의 폭우로부터 몇 년이 흐른 뒤였다. 그사이 틱톡에서 시작된 숏폼 동영상 콘텐츠 유행이 한국에서도 무르익었고, 연간 출산율은 0.4 아래로 떨어져 국제 애널리스트들은 한국의 자연 소멸이 몇 세대 남지 않았다며 투자 리스크를 경고하는 리포트를 찍어 댔다. 정부에서는 부랴부랴 대대적인 이민 정책을 추진하면서 "노동자가 아니라 새 가족입니다."라는 캐치프레이즈를 내걸었다.

버저비터는 기회가 왔다고 여겼을 것이다. 그는 한국에 사는 말레이시아계 남성으로 2020년부터 서울특별시를 탐방하는 영상 시리즈를 유튜브와 틱톡에 업로드하고 있었다. 그는 서울 각 동의 매력적인 역사를 설명하는 자기 콘셉트에 큰 희망을 걸었다. 코로나 바이러스로 인해 여행을 다니지 못하는 이들에게 소위 '랜선 여행'의 수요가 있으리라고 믿은 것이다. 실제로 그 가설은 옳았다. 그러나 5차 이상의 방정식에 근의 공식이 없는 것처럼 일정 수준 이상으로 복잡한 문제는 문제를 푸는 방법을 알아도 못 푸는 수가 있다. 버저비터의 문제는 바로 그런 속성의 문제였다.

버저비터의 동영상들은 처참한 조회 수를 기록했으며 알고리즘의 간택을 받은 일 역시 없었다. 버저비터 채널의 구독자는 100명에 불과했다. 그마저도 30명 정도는 영상마다 말레이어로 낯 뜨거운 응원 댓글을 달아 대는 가족과 친지들이었다. 설상가상으로 구독자 20만 명의 네덜란드인 유튜버 아이고바트가 2022년 9월부터 똑같은 콘셉트의 콘텐츠를 시작하면서 그의 희망은 폭우에 쓸려 내려가는 페인트처럼 옅어지고 있었다.

서울에는 426개의 동이 있다. 블랙번이 발견되기 전날, 버저비터는 200번째 동에 방문했다. 코로나 바이러스는 아직 박멸되지 않았지만 더 이상 심각하게 여겨지지 않았고, 경쟁하듯 해외여행을 떠났던 이들이 슬그머니 일상으로 돌아온 이후로도 시간이 꽤 지난 나날 중 하루였다. 버저비터는 무언가 흥미로운 깃이 나올 때까지 하염없이 걸었다. 하지만 눈에 밟히는 게 하나도 없었다. 발걸음이 쉬이 떨어지지 않고 자꾸 얽혔다. 자기 혼자만 지나간 시절 아래 묻혀 빠져나오지 못하고 있는 것만 같았다. 이야깃거리가 많은 동네는 거의 다 돌아본 후여서 그의 콘텐츠는 이제 끝을 보이고 있었다. 문제를 너무 많이 풀다 보니 문제들이 다 거기서 거기로 비슷해 보이던 학창 시절로 돌아간 기분이었다. 지겹도록 익숙한 문제를 정작 풀어내지는 못한다는 점까지도.

그날 저녁 호프집에서 버저비터를 만났다는 말레이시아 출신의 남자들은 쌉쌀한 입맛을 다셨다.

"그래도 유튜브를 할 정도면 나쁘지 않은 거라고 말했어요. 친구로서 그러면 안 되는 거였는데……."

공학 유학생으로 한국 땅을 밟은 그들은 영 지지부진한 성적 때문에 본국으로 돌아가지도 한국에서 일자리를 구하지도 못할 처지에 놓여 발만 동동 구르고 있었다. 만약 국가 장학금을 받지 못한다면 조선소나 생산직 일자리라도 얻어야 할 것 같다는 그들의 문제는 너무 단순해서 오히려 해답이 없다는 사실이 명백히 보이는 그런 문제였다.

"죽 쑨 표정이었는데도 불평 한마디 못 하더군요. 어찌나 미안하던지……."

그러나 그날 술값은 버저비터가 모두 냈다. 얼큰하게 취한 몸을 이끌고 호프집을 나서며 버저비터는 그만두기 전에 마지막으로 서울을 넘어 경기도와 인천까지 활동 범위를 넓혀 봐야겠다고 넋두리했다. 잘만 풀리면 지방정부의 지원도 기대해 볼 수 있겠냐며 가슴팍을 퍽퍽 두드렸다. 그러고는 돌아가는 길에 기운차게 그날 먹고 마신 걸 모두 게워 냈다.

다음 날 버저비터는 고프로와 휴대폰, 외장 메모리를 챙겨 인천행 지하철 1호선에 올랐을 것이다. 그는 잘 알려지지 않은 해변을 찾아볼 계획이었다. 인천은 해안 도시니까 잘 알려진 월미도와 을왕리 말고도 숨겨진 아름다운 해변이 하나쯤은 있으리라는 추측은 충분히 그럼직했다. 지하철에서 내린 그는 바다가 있는 방향으로 가는 마을버스에 적당히 올라탔을 것이고, 그때가 전날 새벽 3시까지 마신 술이 모든 것을 바꾼 시점이었을 것이다. 버스는 창밖에서 불어오는 봄바람처럼 살랑살랑 달렸을 것이다. 버저비터는 창에 기대 깜빡 잠들어 버렸다.

버스 기사는 코가 막혀 연신 재채기를 하면서도 도통 잠에서 깨지 않던 버저비터를 기억했다. 코가 막히고 아리기로는 버스 기사도 마찬가지였다. 하지만 코를 풀면 끔찍한 악취가 덮쳐 오리라는 걸 알았기에 버스 기사는 보건용 마스크 한 장에 의지해 묵묵히 버스를 몰았다.

"원래 거기까지는 운행하지 않는 게 불문율인데 말이죠. 저도 초행길이어서 내비게이션을 켜 놓고 운전하고 있었습니다. 그 청년이 늦게나마 눈을 떠서 어찌나 다행스럽던지……."

 깨어난 버저비터는 인상을 찌푸린 채 주변을 둘러보았다. 버스 기사는 그걸 보자마자 어서 내리라고 꽥 소리쳤다. 사람이 있어 오기는 했지만 원래 여기까지는 운행하지 않는 버스라고 으름장을 놓는 것도 잊지 않았다. 버스 기사는 그에게 함께 돌아갈지 그냥 내릴 건지 물었다. 버저비터는 눈을 껌뻑이며 그냥 내리겠다고 했다. 버스 기사는 그를 내려놓고 버스를 돌려 이미 조금 어긋나 버린 배차 시간표를 맞추기 위해 힘차게 액셀러레이터를 밟았다.

 구글 맵 데이터에 따르면 버저비터가 하차한 위치는 사월마을이라는 곳을 지나면 나오는, 쓰레기 매립지와 공장 사이 어딘가였다. 바다에서 도보로 20분 정도 떨어진 곳이었으므로 버저비터는 악취를 참으며 걸었을 것이다. 그 악취는 처음엔 음식물 쓰레기 냄새 같더니 시간이 조금 지난 뒤엔 소화 불량인 사람의 변에서 나는 냄새 같기도 했을 것이고, 간간이 코가 아리도록 매운 냄새도 섞여 들었을 것이다. 만약 회색 바다와 검은 해변이 조금만 더 멀었더라면 그는 포기하고 발걸음을 돌렸을 수도 있다. 하지만 그는 중간중간 멈추기는 했어도 성인 남성의 평균 보행 속도에 맞게 충실히 해변으로 향했다.

해변을 본 순간, 졸음과 냄새 때문에 폭우 속 전면 유리처럼 뿌옇던 버저비터의 정신에 와이퍼가 작동했으리라는 점에는 의심의 여지가 없다. 흑요석같이 아름다운 검은 해변 앞에서 악취 따위는 문제가 아니었다. 그는 쪼그려 앉아 모래를 파내 보았다. 고왔다. 여수나 제주에 있는 검은 모래 해변도 이곳처럼 새까맣고 부드럽지는 않았다. 블랙번이라는 말은 자연스럽게 떠올랐을 것이다. 그건 조금이라도 더 뽀얀 피부를 갖기 위해 그가 매일 밤 얼굴에 발라 대던 숯 팩의 제품명이었다.

버저비터는 15분 동안 악취도 잊고 해변에 완전히 매혹되어 있다가 정신을 차리고 카메라를 들이댔다. 더 놀라운 일은 그다음에 일어났다. 대충 아무 앵글로 찍어도 영상은 숨이 멎을 정도의 아름다움을 뿜어냈다. 버저비터는 셀프 카메라 실력이 형편없었는데, 거기에서 찍은 것들은 프로 사진작가가 찍었다고 해도 될 만한 압도적인 아우라를 풍겼다. 휴대폰도 버저비터의 극적인 발전에 놀랐는지 연신 오류를 일으켰다.

〈인천의 절경, 블랙번〉은 버저비터의 영상 중 가장 높은 조회 수를 기록했다. 숏폼 콘텐츠의 특성은 하나가 성공하면 수

많은 복제품이 순식간에 생겨난다는 점이다. 바이러스가 증식하는 것과 비슷해서 마케터들 사이에서는 '바이럴 탄다.'라고 불리는 현상이다. 꾸준히 슈퍼 전파자가 되는 것, 그것이야말로 뭇 콘텐츠 제작자의 꿈이다. 버저비터의 영상은 어쩌면 그를 그런 반열로 끌어올릴 수도 있었다. 그가 블랙번의 위치에 관한 힌트를 제공하지만 않았다면 말이다. 인천의 잘 알려지지 않은 해변이라는 정보만으로도 수많은 영상 크리에이터들은 손쉽게 블랙번을 찾아냈다. 자기만의 비밀 무기를 드디어 발견했다며 만족스럽게 잠든 버저비터는 다음 날 아침 깜짝 놀랐을 것이다. 고작 하루 만에 블랙번은 공공재가 되어 있었다.

수많은 사람이 블랙번으로 몰려들었다. 사실 그 해변의 이름은 블랙번이 아니었지만, 워낙 많은 사람이 찾아가는 통에 택시 기사부터 인근 마을 사람들까지 그곳을 블랙번이라고 부르게 되었다. 버저비터의 구독자는 약 100퍼센트 증가했지만 그뿐이었다. 알고리즘은 다시는 그에게 미소 지어 주지 않았다. 한편 다른 이들이 블랙번에서 촬영한 영상은 얄미울 정도로 손쉽게 바이럴을 탔다. 머지않아 크리에이터가 아닌 사람들도 사진과 동영상을 찍기 위해 블랙번을 찾기 시작했다. 모두가 그곳에서 소위 '인생 샷'을 건졌다. 한때는 쓰레기 매립지들 끝에 버려진 조그만 해변이었던 블랙번은 얼마 지나지 않아 인천 제일가는 관광 명소가 되어 있었다.

사람은 사람을 부른다. '친구 따라 강남 간다.'라는 뜻에서 그렇다는 게 아니라 사람이 많이 모이면 경제적 효과가 발생한다는 뜻이다. 블랙번의 유명세와 함께 해변에는 파라솔을 단 평상들이 나타나더니 기어이 각종 음식을 파는 푸드 트럭들마저 등장했다. 블랙번은 쓰레기로 넘쳐 나기 시작했지만, 거기에 경각심을 가지는 사람은 없었다. 악취는 더 심해질 여지가 없었고, 블랙번에서는 쓰레기조차 아름다운 사진을 만드는 오브제가 되었다.

이미지 씨는 그런 흐름을 따라 블랙번에 장사하러 간 사람 중 하나였다. 그녀는 KF99 마스크가 불편한지 끊임없이 코 받침을 만지작거리면서도 절대 마스크를 벗지 않았다. 그녀는 블랙번에서 다코야키를 팔아 꽤 짭짤한 수익을 거두었으나 장사를 오래 하지는 않았다고 했다.

"단지 블랙번에 들어가기 위한 절차가 번거로워졌기 때문만은 아니에요."

이미지 씨는 블랙번이 사람 잡아먹는 곳이었다며 설명을 이어 나갔다. 아무리 매력적인 관광지라고 해도 평일과 주말은 다르다. 관광지 푸드 트럭 상인 중에는 평일에는 다른 목에서 장사하고 주말에만 오는 사람도 적지 않다. 그런데 블랙번에서는 일이 좀 이상하게 돌아갔다. 아예 집에 돌아가지 않고 블랙번에 머무는 상인들이 하나둘씩 늘어나기 시작한 것이었다. 처음에 이미지 씨는 자리 잡기 경쟁이 더 치열해진 결과라고만 여겼다. 그러나 자기 트럭이 견인되어 가는데 코빼기도 보이지 않는 건 종량제 봉투를 쓰레기 안에 넣는 것만큼이나 어불성설이 아닌가. 한두 번 일어나는 일은 사고지만 경향성이 보일 정도로 반복되면 그건 공식이 된다. 옆에서 핫도그를 팔던 남자가 푸드 트럭을 내버려둔 채 멍하니 해변을 떠돌아다니는 걸 본 이미지 씨는 드디어 궁금증을 해결할 기회를 잡았다고 생각했다.

"여기 살기로 했습니다."

며칠 사이 얼굴이 구운 밀가루처럼 탄 그 남자는 그렇게 말했다. 이미지 씨는 그 말을 이해할 수가 없었다. 목이 좋으니 이곳에서 장사하고 있기야 했지만, 블랙번의 악취는 마스크를 뚫고 들어와 코에 다코야키 소스를 들이붓는 수준이었다. 게다가 해변 근처에는 집이라고 할 만한 건물도 없었다. 애초에 쓰레기장 너머에 버려진 해변이었으니 당연한 일이었다.

이미지 씨는 처음에는 남자가 더위라도 먹은 게 아닐까 싶었다. 그러나 대화를 나누면 나눌수록 그런 문제가 아니라는 것이 점점 명확해졌다. 남자의 얼굴은 단순히 탄 게 아니라 다코야키 반죽처럼 반쯤 흘러내리고 있었다. 그는 가만히 서 있지 못하고 연신 비틀거렸다. 그러면서도 함께 병원에 가 보자는 이미지 씨의 말에는 단호히 고개를 저었다. 그의 얼굴에서 살덩어리들이 후드득 떨어지는 걸 본 이미지 씨가 기겁하며 말을 잇지 못하자, 그는 터벅터벅 해변으로 걸어가 주저앉았다. 그리고 멍하니 잿빛 파도만 바라보았다.

그날 이후로 이미지 씨는 틈날 때마다 해변을 관찰하는 습관이 생겼다. 그 남자에게 무슨 일이 일어난 건지 신경이 쓰였다. 그런데 막상 해변을 계속 바라보면서 그녀가 발견한 것은 예상한 것보다 더 기이한 현상이었다. 여태까지는 단지 사람이 많다고만 생각했는데 그게 아니었다. 늘 같은 사람들이 같은 시간, 같은 자리에 나와서 햇볕을 쬐고 있었다. 해변을 따라 늘어선 관목이 되고 싶기라도 한 걸까. 여름이었는데도 이미지 씨는 목덜미를 스치는 서늘함에 두 손으로 목을 감쌌다. 그리고 다음 날부터 블랙번에 가지 않았다.

이미지 씨는 자기가 블랙번에 잡아먹힌 사람들처럼 미치지 않은 것은 하루도 빠짐없이 KF99 마스크를 썼기 때문이라고 믿었다. 하지만 이후 역학조사 결과에 따르면 블랙번에서의 기묘한 현상은 호흡기 질환이 아니었다. 호흡기를 통해 감염되는 바이러스는 발견되지 않았으며, 마스크 착용 여부와 무사 귀환자 사이에는 상관관계조차 희박했다. 가령 오현서 씨와 박정민 씨의 아들은 마스크를 착용했음에도 블랙번에서 돌아오지 않은 사람 중 하나였다.

"현우가 여행을 간다고 했을 때 우리는 그 아이에게 마스크와 콘돔을 꼭 챙기라고만 했어요."

박정민 씨가 울먹이자 오현서 씨가 어깨를 토닥였다. 그들의 목에는 촬영을 위해 준비한 듯한 피켓이 걸려 있었다. 거기에는 "대통령님, 블랙번에 갇힌 젊은이들을 구해 주셔야 합니다!"라는 문구가 크고 붉은 글씨로 쓰여 있었다.

블랙번으로 간 사람 중에 돌아오지 않는 이들이 있다는 사실은 뉴스에 거의 보도되지 않았다. 나중에 공개된 중앙 재난 대책 본부의 보고서에는 보도가 모방을 불러 사태의 심각성을 키울 위험이 있다고 적혀 있었다. 코로나 팬데믹으로 인해 잔뜩 예민해진 것이 노골적으로 드러나는 어투였다. 본부는 가능한

최대한의 방역 조치를 비밀리에 시행할 것을 원칙으로 삼았다. 결과적으로 그 결정은 타당한 것이었으나, 박정민 씨와 오현서 씨 부부에게는 안타까운 일이었다. 그러지 않았더라면 부부가 돌아오지 않는 아들을 기다리다 못해 실종 신고 하는 일도, 아들이 20대 남성이라는 이유로 미적지근한 태도를 보이는 경찰을 원망하는 일도 없었을 것이기 때문이다.

부부는 경찰이 아니라 유튜브 영상을 통해 아들의 소식을 접할 수 있었다. 아들은 피부가 좀 누렇게 탄 것 같기는 했지만, 얼굴에는 마스크로도 가려지지 않는 환한 미소가 떠올라 있었다. 아들은 아주 잘생겨 보였고, 마찬가지로 누렇게 탄 다른 청년들과 어깨동무를 하고 율동인지 춤인지 모를 동작을 해 댔다. 부부는 안심했으나 그 감정이 오래가지는 않았다. 날마다 유튜브로 아들의 모습을 확인하던 부부는 아들의 건강이 눈에 띄게 나빠지고 있다는 사실을 알아차렸다. 이마에 깊은 주름이 파였고, 눈은 내시경으로 본 내장 벽처럼 충혈되어 있었으며, 버짐과 종양 따위가 여기저기 피어 있었다. 부부는 곧장 차를 타고 블랙번으로 향했다. 해변에 가까워질수록 영상에서는 느껴지지 않던 악취가 부부의 코를 찔러 댔다.

블랙번으로 들어가는 길은 하나 빼곤 전부 막혀 있었다. 그

유일한 길을 따라가면 해변에서 5킬로미터가량 떨어진 곳에 설치된 검문소를 마주치게 된다. 펜스 앞에 선 경찰은 부부에게 개인정보 제공 동의서에 서명할 것을 요구했다. 블랙번에 출입하는 사람은 누구든 한 달 동안 동선 역학조사에 협조해야 하며, 꼭 KF99 마스크를 착용해야 한다는 설명이었다. 만약 부부가 경찰에게 악감정이 싹트지 않은 상태였다면 그들은 애써 지갑과 휴대폰을 두고 왔다고 거짓말을 하고 개인정보를 허위로 입력하지 않았을 것이다. 훗날 부부의 거짓말은 초기 역학조사 단계에서 얼마간의 혼란을 불러일으켰고, 말단 경찰 공무원 두 명이 면직당하는 결과를 낳았다.

평일인 데다가 번거로운 검문까지 있는데도 블랙번은 무척이나 북적였다. 다들 악취 때문인지 미간을 찌푸리면서도 사진을 찍거나 음식을 먹고 있었다. 해변이라기보다는 시장 바닥이나 축제라는 표현이 더 어울리는 풍경이었다. 온몸을 칭칭 싸맨 상인들이 지나가는 사람들을 붙잡고 셀카 봉과 마스크, 위생 장갑, 엄청난 크기의 비치 타월 따위를 팔았다. 부부는 서로의 눈동자에서 같은 의문을 읽었다. 아무리 아름다운 해변이라고 한들 이런 악취를 견디면서까지 머물러야 하나? 도대체 사진이 뭐라고?

부부는 한참 해변을 뒤진 끝에 바다 앞에 한 줄로 앉은 사람들 사이에서 아들을 찾아냈다. 아들의 상태는 영상으로 보던 것보다도 훨씬 심각했다. 진짜 아들이 아니라 양초나 밀랍으로 대충 빚어 만든 무언가인 것 같았다. 감정이 복받친 오현서 씨는 아들의 이름을 부르면서 그를 껴안았는데, 그 순간 부부는 왜 해변의 상인들이 위생 장갑과 거대한 타월을 팔고 있는지 이해했다. 아들은 흘러내리고 있었다. 아들의 찐득한 피부가 오현서 씨의 옷에 묻어 나왔다. 부부가 처음으로 떠올린 단어는 좀비였으나 나중에는 아들이 꼭 분해되고 있는 것 같았다고 정정했다. 어쨌든 부부는 아들을 끌고 집으로, 아니 병원으로 가고자 했다. 그러나 아들은 움직이지 않았다. 그는 블랙번이 자기 집이라고 했다.

"너 그러다가 죽어."

박정민 씨가 반쯤 울다시피 애원했다.

"사람은 원래 죽어요."

부부는 아들을 타일러 보기도 하고 윽박지르기도 해 보았으나 아들은 단호했다.

"이유라도 좀 알자."

그때 박정민 씨는 거의 화를 내고 있었다. 젊고 창창한 아들이 왜 이런 냄새 나는 곳에서 죽어야 하는지 박정민 씨의 상식으로는 도무지 이해할 수가 없었다. 마약, 환각제, 세뇌, 생체 실험 따위의 단어들이 전두엽을 때리고 지나갔다. 하지만 아들은 마냥 평온하기만 했다.

"여긴 생명의 바닥이에요. 모든 것이 하나로 맞닿아 있죠."

"아니, 넌 아픈 거야."

박정민 씨는 아들의 손목을 잡아끌었다. 그러자 복잡하게 꼬인 매듭이 허무할 정도로 쉽게 풀려 버리는 것 같은 느낌이 들었다. 아들의 손목이 마치 찰흙처럼 쭉 늘어나는가 싶더니 툭 떨어져 버린 것이었다. 검은 모래들이 움직여 순식간에 손을 집어삼켰다. 손목 관절인 듯한 작은 덩어리만이 박정민 씨의 손안에 남았다. 오현서 씨가 비명을 질렀다. 박정민 씨는 아들의 손을 찾아 땅을 팠지만, 손은 이미 어디론가 사라진 후였다. 아들은 멀뚱멀뚱 서서 그들을 바라볼 뿐이었다.

패닉은 지나간다. 잠시 후 오현서 씨와 박정민 씨가 정신을 차렸을 때, 아들 뒤에는 얼굴이 흘러내리는 사람들이 모여들어 있었다. 그들은 목소리를 내거나 위협하지는 않았으나 숲처럼 가만히 서서 그들을 응시했다. 그중에서도 동남아 출신인 듯한 한 외국인의 섬뜩한 얼굴을 부부는 선명하게 기억했다. 그는 거의 시체나 다름없었는데도 만면에 환한 미소를 띠고 있었다. 타르 같은 피부 사이로 새하얀 치아만이 단단하고 명확한 형태를 유지하고 있었다.

"더 늦기 전에 그 저주받은 해변을 폐쇄하고 저희 아들을 구해 주셔야 합니다."

오현서 씨가 가슴을 치며 말했다. 부부의 거실에는 TV 대신 아들의 사진이 들어간 액자 하나만 걸려 있었다.

블랙번에 가서 돌아오지 않는 자녀를 둔 부모들은 박정민 씨와 오현서 씨 외에도 많았다. 그들은 블랙번 사태에 관해 가장 큰 목소리를 내는 정치 세력이 되었다. 병든 청년들이 찍힌 사진과 동영상을 내세워 그런 해로운 환경에서 사람이 어떻게 살 수 있겠냐고 외치는 그들은 굳세고 물러섬이 없었다. 난지도나 선유도처럼 흙으로 덮든지 아예 모래를 다 파내서 다른 곳으로 이전하거나 수출하든지 아무튼 뭐라도 좀 하라는 게 청와대를 포위한 그들의 요구사항이었다.

대통령은 난색을 표했다. 사람이 사는 지역에 유해 시설을 들여놓은 것도 아니고 유해 시설에 사람이 자발적으로 살겠다고 들어간 다음 환경 개선을 요구하는 건 전례가 없는 일이었다. 법적으로 정부에 책임이 없다는 것은 자문할 필요도 없이 당연했다. 권리란 비석차기와 유사한 것이라서 돌을 쳐 낼 때나 따지는 것이지 자기 혼자 거꾸러진 돌에다가 하는 말이 아니었다. 하지만 누가 감히 성난 부모들 앞에서 자기 이름을 걸고 그렇게 말할 수 있단 말인가? 대통령은 '유감'과 '노력'이라는 단어가 각각 37번씩 들어가는 연설을 했고, 정치인들 역시 제각각의 방식으로 입장을 표하긴 했으나, 실상 진행되는 일은 아무것도 없었다. 미적지근하게 제안된 행정명령과 패스트 트랙 입법은 무단 투기된 쓰레기처럼 누구의 환영도 받지 못했다. 질병 관리 본부만 그 양쪽 사이에 끼어 곤란한 고무줄놀이를 지속할 뿐이었다.

한편 어떤 일이든 끼어들어 한몫 챙기려는 사람들은 늘 있기 마련이다. 보타닉 커뮤니케이터로 활동하는 샤오밍 씨는 밀려드는 문의에 못 이겨 블랙번으로 향했다고 했다. 그녀는 식물과 소통하는 능력을 지닌 희귀한 샤먼이었다. 요즘 시대에 샤먼으로 어떻게 먹고사냐 싶겠지만 보타닉 커뮤니케이터의 벌이는 역사를 통틀어 지금이 가장 좋다고 그녀는 쓴웃음을 지었다.

"땅을 사려는 사람들은 상담료가 얼마든 거의 신경을 쓰지 않더군요."

블랙번을 한 바퀴 둘러본 샤오밍은 의뢰인들에게 그 땅은 투자처로 부적합하다는 결론을 전송했다. 그녀의 말에 따르면 이유는 다음과 같았다.

블랙번이 검은 이유는 거기 사는 생물들 때문이다. 그들은 자기들을 슈슈라고 불렀다. 그건 여러 종의 균류가 함께 살아가는 그들 무리 전체를 지칭하는 이름인 것 같았다. 그들은 블랙번 주변에 살던 식물들의 자손이었다. 흔히 식물들은 거의 진화하지 않는다고 착각하는데, 식물이야말로 한 세대가 지날 때마다 엄청난 양의 유전자 변이를 겪는다. 슈슈들은 모래와 함께 살면서 모래에 붙은 먹이를 빨아 먹었다. 자손을 멀리 퍼뜨리기 위해 버섯처럼 포자로 후손을 남겼다. 어쩌면 피부에 달라붙은 포자들이 블랙번에서 아름다운 사진이 찍히는 이유 중의 하나였을 수도 있다고 샤오밍은 덧붙였다.

슈슈가 블랙번 해변에 터를 잘 잡았다고 여길 무렵 인간들이 나타났다. 인간들은 훌륭한 번식의 매개체이긴 했다. 인간을 타고 포자들은 해변을 넘어 더 멀리까지 이동할 수 있었다. 그러나 인간들은 슈슈를 밟아 죽이는 폭력적 존재이기도 했다. 밟힌 슈슈는 터져 죽었다. 인간이 발걸음을 옮길 때마다 슈슈들의 시체가 공기 중에 흩날렸다. 슈슈의 터진 사체에 사람의 피부를 녹일 정도의 유독성이 있는지까지는 샤오밍도 아는 바가 없었다. 슈슈 자신들도 알지 못했기 때문이었다. 샤오밍이 아는 건, 슈슈에게 죽음은 일종의 정지일 뿐이었다는 것. 그리고 슈슈들이 인간을 좋아하지도 미워하지도 않았다는 것. 하지만 그렇기에 더더욱 해변에 가까이 가지 않았다고 샤오밍은 말했다.

"자연에 조화 따위는 없습니다. 모든 건 생존 투쟁일 따름이지요. 상대를 미워하든 말든 아무 상관 없습니다. 무릇 미움 없이 죽고 죽일 때 더 많이 죽이기 마련입니다. 다만 한 가지 확실한 건 전쟁이 벌어지고 있는 땅에는 전쟁이 끝날 때까지 투자하지 않는 게 상책이라는 것입니다."

그러나 샤오밍의 경고에도 불구하고 블랙번과 근방의 땅은 활발히 매매되었다. 규제해야 한다는 목소리가 있기는 했으나, 정부의 모든 결정은 아주 천천히 이루어졌기에 사실상은 아무것도 결정하지 않은 것이나 마찬가지였다. 당시 상황에 관해서는 블랙번에 방문한 민간 역학조사 팀 중 하나에 참여한 생태학자 이소우 씨의 술회가 참고할 만하다.

"매매고 자시고 우선은 블랙번을 봉쇄해야 한다는 것이 정부의 일차적인 결론이었습니다. 세상 그 어떤 질병이나 힘도 무선으로 전송될 수는 없습니다. 원인을 알 수 없는 이상 현상이 국민을 위협하고 있다면 우선은 격리 조처를 하고 천천히 연구해 봄이 옳다고 생각하는 것도 마냥 틀린 이야기는 아닙니다. 오히려 생명공학 연구 윤리의 기본에 충실한 결정이지요. 게다가 이미 코로나 바이러스에 2년 넘게 시달린 후였으니 정부가 그런 결론까지 한달음에 내달린 것도 이상한 일은 아닙니다. 방치보다는 선제 통제가 낫다는 것이 정부가 코로나 바이러스로부터 수신한 메시지였으니까요.

제 기억이 맞다면 반발보다 찬동 여론이 많았습니다. 코로나 바이러스가 이 나라에 남긴 것은 다만 죽음뿐만은 아니었습니다. 공공의 안전을 위해 인간이 더 많은 것들을 통제해야 한다는 믿음도 함께 남겼지요. 문제는 해결해야 한다는 건 확실하기는 한데, 너무 많은 이해관계가 얽혀 있다는 점이었습니다. 인천시에서는 협조에 미적지근할 뿐만 아니라 블랙번에 머무는 이들을 쓰레기 매립지 관련 보상을 더 받아 낼 근거로 활용했습니다. 정부는 거기에 사람을 밀어 넣은 적도 없고, 보상해야 할 의무도 없으니 중재를 자처할 뿐 적극적이지 않았죠. 서울시는 말할 필요도 없이 회피 일변도였고요. 발을 동동 구르는 건 질병 관리 본부뿐이었습니다. 그들은 잘하든 못하든 항상 욕을 먹는데, 그 어떤 재난에도 가이드라인은 없기 때문입니다. 어쨌든 역학조사 팀을 보내기라도 했다는 점에서 질병관리 본부는 많이 애썼다고 평가하고 싶네요.

안타까운 점은 공정을 기하기 위해 보낸 열 팀에서 각기 다른 결론을 보내오는 바람에 그 어떤 목소리에도 힘이 실리지 못했다는 겁니다. 특히 저희 팀 의견은 두루뭉술하다고 처음부터 반쯤 제외당했죠. 인간을 위한 방역이 아닌 것 같다고요. 하지만 모든 방역이 인간을 통해 이루어진다는 생각은 아주 위험합니다. 박쥐들 사이에서나 퍼지던 코로나 바이러스가 종간 경계를 돌파해 인간에게까지 퍼졌다는 괴담에 관해 말하는 것이 아닙니다. 이건 아마존과 사하라 사막 같은 것입니다.

예전부터 과학자들은 아마존 열대우림에 관한 큰 의문을 가지고 있었습니다. 아무리 봐도 아마존 열대우림의 토양에는 그만한 열대우림이 존재할 만한 영양분, 특히 인P 성분이 부족했거든요. 나중에 위성 연구를 통해 밝혀진 바에 따르면 아마존 열대우림을 유지하고 있는 건 사하라 사막이었습니다. 사하라 사막에서 바람을 타고 건너간 모래가 아마존의 숲에 영양분을 공급하고 있었던 것이지요. 우리는 명쾌하게 해결되지 않는 복잡한 문제들의 시대에 살고 있습니다. 그러니 문제를 해결하는 것이 아니라 문제와 함께 살아가는 법을 배워야 하지 않겠습니까?"

 블랙번 사태가 불거진 이후로 최초의 사망자가 나오기까지는 꽤 오랜 시간이 걸렸다. 아무도 죽지 않는 동안 대중의 관심은 옅어졌고, 사망자들의 소식이 알려지기 시작했을 때에는 이미 시험 시간이 끝난 후의 시험 문제처럼 시큰둥한 것이 된 후였다. 여전히 블랙번은 훌륭한 사진이 찍히는 곳으로 정평이 나 있었지만, 이전과 같은 활기는 더 이상 찾아볼 수 없었다. 복잡한 방역 절차와 블랙번 사태에 대한 거의 강박적이다 싶을 정도의 경고 보도 때문이기도 했지만, 결정적으로는 AI의 발전 때문이었다. 블랙번의 사진을 학습한 AI 서비스가 등장하면서 블랙번에 가지 않아도 블랙번에서 찍은 것과 마찬가지로 아름다운 사진을 얻을 수 있게 되었다. 그 후로 블랙번은 그 특별한 아우라를 잃어버렸다.

 블랙번에 사는 이들이 겪는 기이한 증상들은 그 시점에서도 여전히 해명되지 못했다. 그러나 그 증상들이 블랙번 밖에서는 거의 나타나지 않는다는 사실이 확실해진 이후로 블랙번 사태는 더 이상 국가적인 일이 아니게 되었다. 이제는 출세보다는 학문적 호기심을 중시하는 학자들이나 혁신을 꿈꾸는 야망가

들. 혹은 미래의 또 다른 팬데믹을 걱정하는 이들만 블랙번을 연구한다.

한편 생존자들도 있었다. 블랙번에서 한동안 머물다가 심경의 변화로 빠져나온 이들. 전석재 씨는 그들 중 하나였다. 전석재 씨에 따르면 블랙번에 터를 잡은 이들은 작은 공동체를 형성해 나름대로 잘 살았다. 블랙번 사람들이 비건강한 상태이기는 했을지언정 절대로 이성을 잃거나 미친 것은 아니었다고 그는 말했다. 실제로 훗날 그들이 이룩한 커뮤니티를 탐방하고 돌아온 연구자들 역시 전석재 씨의 이야기에 힘을 실어 주었다. 연구자들은 블랙번 공동체의 생활 방식에 무언가 특별한 것이 있다고 기술했다. 블랙번 사람들은 마치 자기들이 블랙번의 일부인 것처럼 행동했다고 말이다. 이를테면 그들에겐 죽은 이들을 해변에 묻는 풍습이 있었다. 그들은 마치 서로 완벽하게 이해하고 있기라도 한 것처럼 유언 없이 죽은 이들도 가족의 품이 아니라 블랙번의 모래사장에 묻히기를 원하고 있으리라고 확신했다.

소위 모래장을 처음 제안한 이가 누구인지, 그리고 왜 모두가 이를 자연스럽게 받아들였는지는 전석재 씨도 알지 못했다. 다만 버저비터가 제안한 것이 아니냐는 물음에는 확실히 아니라고 답했다. 그에 따르면 버저비터는 커뮤니티에서 꽤 목소리가 컸지만, 그건 동상이나 마스코트와 비슷한 의미에서였지 권력은 아니었다고 한다. 버저비터는 블랙번의 최초 발견자이자 최초의 사망자였을 뿐이었다. 버저비터의 장례식은 조촐하게 치러졌다. 버저비터에게 특별 대우가 필요하다고는 아무도 생각하지 않았다. 이후에 죽은 사람들도 정확히 버저비터와 같은 방식으로 묻혔다.

"하지만 저는 블랙번 커뮤니티가 지속 가능하지 않다고 봅니다. 결국, 자본주의 바깥은 없더군요. 적어도 모든 인간이 비교하는 존재라는 측면에서는요."

전석재 씨는 커피를 마시며 그렇게 말했다. 그는 얼굴에 붕대를 덕지덕지 감고 있었는데, 막 새로 감은 것처럼 깨끗했다. 전석재 씨는 얼굴이 흘러내릴까 봐 신경이 쓰여서 집에서도 늘 붕대를 감고 생활한다고 했다.

"그렇게 깔끔하게 욕망이 제거된 사람들을 저는 본 적이 없습니다. 하지만 그곳에 뭐가 있었는지는 몰라도 앞으로는 없어질 겁니다. 사람이 죽을 때마다 블랙번의 마법인지 질병인지 모를 현상은 약해져 갔습니다. 각 죽음은 채점이 끝난 시험지, 혹은 만기가 도래한 채권과 마찬가지였습니다. 블랙번이 현실

바깥에 외따로 있는 것이 아니라 현실 옆에 진열된 대체재에 불과하다는 걸 일깨워 주는 거였죠."

전석재 씨의 말에 따르면 블랙번에 늦게 온 사람일수록 실망하고 떠난 이들이 많았다고 한다. 앞선 정착민들을 사로잡았던 아름다움과 기이한 힘이 그들에게는 제대로 작동하지 않은 것이다. 인천광역시의 통계연감에 따르면 블랙번의 인구는 매년 빠르게 늘어 가고 있었는데, 이는 외부로부터의 유입이라기보다는 블랙번에 사는 이들이 낳은 아이들 덕분이었다.

전석재 씨는 20번째로 죽은 오현우 씨를 해변에 묻은 뒤 블랙번을 떠났다. 여전히 많은 이들이 그곳에 남아서 살고 있었고, 명백히 블랙번은 커지고 있었다. 하지만 그는 더는 그곳에 무언가를 기대할 수 없게 되었다고 했다. 어쩌면 그건 그가 경제학 박사 학위를 받은 후 평생을 투자에 전념해 온 사람이었기 때문이었는지도 모른다. 그는 외부 효과라는 개념에 관해 길게 설명했는데, 요약하자면 어떤 거래든 당사자와 비당사자가 존재하는 이상 가치 비교에 기반한 의사 결정은 실패할 수밖에 없다는 것이었다.

"한때 우리는 오직 햇살과 악취만을 원했으며, 스스로를 비료 같은 것으로 여겼습니다."

그 말을 끝으로 그는 창밖을 바라보았다. 그의 집에서 북서쪽 42도 방향, 블랙번이 있는 쪽이었다. 그가 단지 그 자세를 선호해서 나온 시선에 불과한지 블랙번의 불가사의한 힘이 잠시나마 효과를 발휘한 건지는 알 수 없었다. 말을 멈춘 그는 잠시 그대로 앉아 있다가 꾸벅꾸벅 졸기 시작했다.

애로 역설이 성립할 때
소망의 불가능성

▶▶

1

안녕 애야, 잘 지내고 있니? 네가 이 글을 읽고 있다는 건 집에 뭔가 문제가 생겼다는 거겠지. 미리미리 읽어 두라고 늘 말하기는 했지만 너는 어릴 때부터 즉흥적이었으니 큰 기대는 않는다. 뭐였더라, 네가 항상 말하던……. 그래, 인프피INFP가 뭐 어쩌고저쩌고하는 거 말이다. 내가 죽은 뒤에는 그런 거 안 했으면 좋겠다. 너랑 김 서방만 있을 때는 몰라도 이젠 애도 있잖니. 애들은 그런 편리한 거 다 보고 배운다. 네가 자주 하던 말을 아이가 꺼낼 때의 섬찟함이란……. 내가 설명하지 않아도 너도 느끼게 될 거다.

만일 네가 이사를 했다면 이 글은 버려도 좋다. 나는 그렇게 되기를 진심으로 바라고 있단다. 이사할 기회가 오면 미련 없이 떠나렴. 우리 가족이 이 집에서 평생을 산 건 여기가 마냥 좋아서가 아니다. 다른 기회가 주어지지 않았기 때문이지. 추억 같은 건 신경 쓰지 마라. 사람은 힘들 때만 과거를 떠올린단다. 추억보다는 안락함을 택하렴.

내가 조금만 더 건강했더라면 필요한 내용을 정리해서 이 글을 백과사전처럼 바꿔 놨을 텐데, 이제는 눈이 침침해서 글을 쓸 수는 있어도 읽기는 너무 어렵다. 툭 끊겨 버리는 짧은 이야기처럼 보이겠지만 네 어미의 유언이라 생각하고 읽어 다오. 네가 알아 둬야 할 이야기다. 그리 길지는 않을 거란다.

먼저 이 집의 역사에 관해 알아야 한단다. 지금은 택배도 오지 않고 길도 끊겨 있으니 믿기지 않겠지만 한때 이곳은 유망한 땅이었다. 근처에 지하철이 들어설 거라는 소문이 돌았고, 장차 오피스텔이 될 건물이 이웃해 지어지고 있었지. 한 동만 짓고 방치된 빌라에 뭘 믿고 들어갔냐며 우리를 비웃던 사람들이 어느새 태세를 바꿔 우리를 부러워하고 있었다. 부동산은 그때까지만 해도 불패 신화였다. 돈을 벌면 너도나도 땅을 사던 시절이었다. 출산율이 줄어들고 있는데도 땅은 거기 살 사람이 있는지 없는지조차 중요하지 않은 듯 끝없이 값이 올랐다. 말하자면 이 집은 우리의 전 재산이었고, 인생이었고, 미래였다. 땅 때문에 망할 거라는 생각은 추호도 못 해 봤다.

생각해 보면 징조는 일찍부터 나타나고 있었다. 종종 집 근처에 웅덩이가 생겨났다. 아스팔트 한 지점이 아래에서 노크하는 것처럼 불룩불룩 솟아오르다가, 갑자기 물을 뿜었다. 분수처럼 높이 치솟지는 않았고, 왜 대중목욕탕에 가면 아래에서 거품이 올라오는 탕이 있잖니, 딱 그런 느낌이었다. 네 아버지가 신기하다며 웅덩이를 동영상으로 찍던 기억이 난다. 영상 속에서 우리는 그 물을 서로에게 뿌리며 즐거워하고 있었을 거다. 그게 물혹에서 나오는 진물 같은 건지도 모르고.

물에 잠기는 건 다른 세계 이야기인 줄로만 알았다. 가난한 나라에서, 사람들이 잘 몰라서 당하는 일인 줄로만 말이다. 하지만 그건 갑자기 찾아오는 재앙이 아니라 세면대가 막히는 것처럼 스멀스멀 쌓이는 거였다. 그냥 좀 신경이 쓰이던 것에 불과했던 일이 어느 날 갑자기 수습할 수도 없이 커져 버리는 거였지. 처음 공동 현관을 넘어 물이 들이쳤을 때, 누군가 복도에 밀대를 가져다 놓았다. 베란다에 날치들이 떨어져 죽어 있을 때는 베란다를 감싸는 덧창을 설치했다. 그런 식이었다, 시기를 놓치는 방식은.

지금도 집에 갇히던 날이 생생하게 떠오른다. 큰 소리와 진동에 잠이 깼다. 네가 울기 시작했다. 네 아버지와 나는 휴대폰을 확인했다. 재난 알람 문자는 없었다. 비상계엄이나 북한 도발 같은 건 안 알려 줘도 자연재해는 귀신같이 알려 주던 시스템이었는데 말이다. 내가 너를 달래는 동안 네 아버지가 상황을 살피러 나갔다. 네 아버지는 금방 돌아왔다. 서두르거나 패닉에 빠져 있지는 않았다. 그것보다는 뭐랄까, 어머니를 잃어버린 아이 같은 표정을 짓고 있었다. 무슨 일이냐고 내가 물었다. 네 아버지는 대답하지 않고 그냥 침대에 누웠다. 무슨 일이냐고 내가 다시 물었다. 네 아버지는 천천히, 갑자기 늙어 버린 것 같은 속도로 돌아누웠다. 손이 따뜻했다. 아무것도 만지지 않고 주머니 안에만 있었던 손. 나는 네 아버지의 말이 아니라 그 손 덕분에 좀 마음이 놓였단다.

— 내일 생각해 보자.

네 아버지는 그렇게 말했다. 무책임한 대답이라고 생각했지만 해가 뜨고 보니 네 아버지가 왜 그렇게 말했는지 알 수 있었다.

집은 섬이 되어 있었다. 주차장으로 쓰던 공터 정도만 남았고, 그 너머로는 전부 물에 잠겨 있었다. 박물관에 전시된 공룡 뼈처럼 방치되어 있던 짓다 만 빌라들과 이제 막 살집이 붙기 시작한 오피스텔이 모두 흔적도 없이 사라졌다. 마치 깃발 쓰러뜨리기 놀이에 당한 모래성처럼 다 침몰해 버린 거였다. 우리를 둘러싼 물은 바닥이 보이지 않았다. 유독 키가 컸던 나무 한 그루만 간신히 고개를 내밀고 있었다. 왜 전날 밤 네 아버지의 손이 축축하지 않았는지 알 만했다. 어떻게 해볼 만한 물이 아니었다.

객관적으로 말하자면 이건 기적이었다. 주변이 전부 물에 잠긴 와중에 아무도 죽지 않았으니 말이다. 그러나 우리에게는 물 너머에 꿋꿋하게 서 있는 멀쩡한 세계가 보였다. 나랑 네 아버지 말고도 나와 있는 사람들이 있었는데, 그들 역시 하나같이 망연자실한 표정이었다. 이런 일이 일어날 수 있을 거라고 아무도 상상해 본 적 없었던 게 분명했다. 이건 비극도, 국가적 재난 사태도 아니었다. 우리만 망한 거였다. 그 시절 땅값을 매길 때는 지대의 높낮이를 아무도 고려하지 않았다. 그날이 오기 전까지 우리는, 우리가 주변에서 가장 낮은 곳에 살고 있었다는 사실 자체를 몰랐다.

처음으로 주민 회의가 열렸다. 빌라에는 한 층에 두 가구씩,

여덟 가구가 살았다. 들어가서 얘기하자고 제안한 사람이 자연스럽게 의장이 됐다. 101호에 사는 여자. 딸린 식구가 없는, 1층에 사는 사람이었다. 101호는 유능했다. 우리는 여자의 지시에 따라 언론에 제보하고, 도움이 될 만한 사람이 없나 주소록을 뒤졌다. 하지만 우리가 처한 상황은 유능함으로 해결할 수 있는 종류의 것이 아니었다. 구글 맵으로 확인해 본 바 우리를 둘러싼 물은 너비가 평균 6킬로미터, 깊이는 50~100미터 정도였다. 인간의 깊이는 2미터도 채 안 된다.

기자들이 온 건 며칠이 지나서였다. 기자 지인이 있다던 201호의 말이 진짜였던 모양이었다. 오리 배를 타고 온 기자들은 얼굴이 구겨져 있었고, 주름마다 땀이 고여 있었다. 우리가 물과 다과를 내오자 그들은 허겁지겁 먹었다. 좋은 일이었다. 우리는 인터뷰에서 할 말이 있었다. 우리에게 필요한 게 뭔지 명확했기 때문이다. 다리. 한강에 있는 부표 유람선 식당처럼 물에 뜨는 다리만 있으면 충분했다. 차만 다닐 수 있으면 집값도 지키고 우리 생활도 지킬 수 있을 터였다. 운만 따라 준다면 일본식 정원 같은 뷰라고 이미지 메이킹을 해 볼 속셈도 있었다.

그러나 우리는 짧은 자막으로만 보도되었다. 그해 여름에는 전국적으로 수해가 많았다. 뉴스는 흙탕물이 집 안으로 들이닥처 세간을 빨아들이고, 닭과 돼지들이 떠내려가는 화면을 내보냈다. 초등학교 강당에 모여 라면을 끓여 먹는 사람들의 얼굴은 슬픔보다는 피로에 절어 있었다. 물을 아껴야 한다면서 한 남자가 식은 라면 국물에 알약을 삼켰다. 물과 다과를 대접한 게 실수였는지도 몰라, 우린 너무 괜찮아 보였던 거지. 누군가 그렇게 자조했다. 101호는 분통을 터뜨리며 항의 전화를 걸었다. 수해는 격렬하기는 해도 곧 사라질 물이지만 우리를 둘러싼 물은 영구적일지도 모른다고 설명하기 위해서였다. 그러나 후속 기사는 없었다. 과학자의 영상을 보내도 마찬가지였다. 어떻게 바다와 연결되지도 않고 염수가 차올랐는지 모르겠다고, 302호의 지인 과학자가 모니터 너머에서 머리를 긁적였던 화상 통화 기록이었다. 과학자는 원인을 모르니 해결 방법도, 앞으로 어떻게 될지도 모르겠다고 했다. 우리가 도와 달라고 말하니까 과학자 역시 도와 달라고 했다. 과학자는 이곳 상황은 충분히 기이하지만, 연구비가 전혀 없다고 했다. 과학자의 조언에 따라 수심을 측정하기 위해 빨갛게 칠해 놓은 선들은 몇 주가 지나도 그 아래를 드러내지 않았다. 그 사이 언론은 수해에 관심을 완전히 끊어 버렸다.

우리는 사는 법을 새로 배워야 했다. 우선 십시일반 돈을 모아 작은 모터보트를 하나 샀다. 여섯 명이 겨우 탈 수 있는 보트 가격이 4천만 원 가까이 됐다. 몇 년 전만 해도 그 정도 가격은 아니었다는데 거듭되는 수해로 인해 값이 올랐다고 했다. 돈은 101호와 102호를 제외한 사람들끼리 모았다. 101호는 집에서 일하는 프리랜서였고, 102호 노인은 원래 그런 식이었다. 그는 후줄근한 차림으로 회의에 나와 자기는 늙어서 아무것도 모른다며 아무 일도 맡지 않고 꾸벅꾸벅 졸았다. 그러다가 뭔가를 결정할 때가 되면 어김없이 깨어나 거수했다. 누리끼리한 면 메리야스를 입고 이따금 각혈하는 노인에게 최소한의 의무라도 다하라는 말을 할 수 있는 사람은 없었다.

배는 하루에 두 번 움직였다. 출근하는 사람들은 역에서 가장 가까운 뭍까지 배를 타고 갔다가 저녁에 배를 타고 돌아왔다. 그동안에는 외출하고 싶어도 외출할 방법이 없었다. 학교에 다닐 나이가 된 아이가 있는 집도 있어서 배를 하나 더 사거나 규칙을 좀 바꿔도 좋을 것 같았지만, 다들 추가 지출은 좀 부담스럽다는 분위기였다. 배가 없는 시간 동안 남은 사람들은 집을 지켰다. 물은 수많은 생물을 우리 곁으로 데려왔다. 여름에도 모기가 나오지 않는 집이었는데 이제는 모기는 당연하고 바퀴벌레나 지네도 심심치 않게 보였다. 벌레들에 이끌린 건지 개구리와 새들도 나타났다. 눈을 부릅뜨고 쫓아내지 않으면 사람 사는 곳이 아니라 생태 체험관이 되어 버릴 판이었다.

특히 문제가 되는 건 게였다. 몸통에 조개껍데기나 소라 껍데기를 낀 게들은 마치 파도처럼 떼거리로 몰려왔다가 몰려가곤 했다. 차라리 꽃게였으면 잡아먹거나 팔아먹을 생각이라도 했겠지만 찾아보니 그 게들은 먹을 수 있는 종류도 아니었다. 게들은 처음에는 물가에만 머물렀지만, 점차 깊숙이 들어왔다. 나중에는 집 안에서도 게가 나왔다. 하루는 네 아버지가 신발을 신다가 발가락이 집게에 집혀 부어올랐다. 다른 하루는 내가 요리를 하다가 도마 위에서 게를 발견하고 비명을 지르기도 했다. 우리는 네가 게에 물릴까 봐 노심초사하면서 시간을 보내야 했다. 플라스틱으로 된 높은 아기 침대를 사 오던 날, 침대 무게 때문에 배가 자꾸 기울어진다며 다른 주민들의 눈총을 받았다고 네 아버지는 허탈하게 웃었다.

상황이 이런데도 나서는 사람은 아무도 없었다. 울타리를 둘러치자거나 담장을 세우자는 등의 대책은 미적지근하게 제안되었다가 결국 아무것도 시행되지 않았다. 처음에는 적극적으로 의견을 내던 101호도 어느 순간부터 의욕을 잃고 돌아가면서 회의 장소를 제공하는 건 어떻겠냐는 이야기나 했다. 나와 네 아버지는 처음엔 사람들이 도대체 왜 그러는지 이해하지 못했다. 살아 보자고 모인 것 아니었나, 이런 생활이 불편하지 않나. 하지만 곧 이유를 알게 되었다.

처음 떠난 사람은 302호로, 아내와 두 딸이 있는 사람이었다. 그는 네 아버지에게 뭍까지 태워다 달라고 부탁했다. 302호는 아무 말도 하지 않았지만, 가족 모두 여행 가방을 하나씩 들고 있는 모습에 우리는 그들이 떠난다는 걸 직감했다. 네 아버지가 물었다.

— 집은 팔렸습니까?

302호는 고개를 저었다.

— 세간은 어쩌려고 그러십니까?

302호는 또 고개를 저었다. 사실 안부를 묻거나 걱정할 만한 사이는 아니었다. 이곳을 왜 떠나는지는 물을 필요도 없었다. 위생, 미래, 치안, 교통…… 두 글자로 된 단어를 아무거나 적당히 떠올리면 됐으니까. 반대로 왜 여기서 살아야 하냐는 질문이야말로 대답이 궁한 것이었다. 배를 타고 가는 동안 그들은 한 번도 뒤돌아보지 않았다고, 네 아버지는 말했다.

302호가 떠난 게 신호탄은 아니었다. 모두가 하고 있던 생각을 그들이 가장 먼저 실천한 것뿐이었다. 302호 다음에는 201호가, 그다음에는 놀랍게도 101호가 떠났다. 하나같이 작은 배를 타고, 여행 가방을 챙겨서. 주민 회의가 지지부진한 데는 다 이유가 있었다.

사실 탈출은 우리도 내심 꿈꾸고 있던 거였다. 집만 팔렸더라면 우리야말로 누구보다 먼저 떠났을 거다. 하지만 간신히 빚만 갚을 정도로 싸게 내놨는데도 아무도 집을 보러 오지 않았다. 한때는 유망한 땅, 없어서 못 사는 땅이었는데, 어느새 이곳은 아무도 원하지 않는 곳이 되어 있었다. 사람들이 떠날 때마다 우리는 집값을 찾아보았다. 시세는 표시되지 않았다. 모두 집을 버리고 떠나는 거였다. 여름이 끝나 가고 있었는데도 물은 빠질 기미가 전혀 없었다. 오직 불행한 미래만이 누구에게나 선명히 보였다.

— 다들 형편이 좋나 보네.

401호가 떠나겠다고 말한 날 밤이었다. 네 아버지는 침대에 똑바로 누워 천장을 바라보고 있었다. 천장 너머에서 마지막 밤을 분주히 보내고 있을 401호가 보이기라도 하는 듯 눈빛이 아스라했다.

— 우리가 성급했던 건지도 몰라.

내가 대답했다. 그때 나는 우리 처지를 타진해 보고 있었다. 불편해도 넓은 집에 사는 게 원룸 살이보다는 나을 것 같았다.

— 기억나? 한때 여길 좋은 값에 팔고 마당이 있는 단독주택으로 이사하는 꿈을 꿨잖아.

네 아버지가 속삭였다. 항상 다음날을, 다리 너머를 생각하는 게 네 아버지의 장점이었다. 그러나 꿈은 이미 물속에 잠겨 버린 것의 이름이었다. 그것의 마지막 숨이 보글보글 물거품이 되어 떠오르듯, 우리는 우리가 희망했던 미래에 관해 농담을 주고받았다. 마당에 텃밭을 가꾸면 좋겠다. 각자 방도 하나씩 가지고 영화를 볼 때 쓰는 방과 서재도 있으면 좋겠어. 풍경이 좋은 곳이어서 휴일에 굳이 외출하기보다는 집에서 보내는 시간이 행복했으면 해. 그러다가 말이 뚝 끊겼다. 나는 고개를 돌려 네 아버지를 보았다. 네 아버지도 나를 보고 있었다. 수면에 얼굴이 비치듯 우리는 서로 같은 생각을 하고 있다는 걸 알았다.

아침 일찍 여행 가방을 챙겨 나오는 401호에게 네 아버지는 이렇게 말했다.

— 돌아오셨을 때 세간이 멀쩡하도록 저희가 게와 벌레 정도는 쫓아 드리겠습니다.

어차피 다 버리고 떠날 결심을 한 사람들이어서 그랬을까,

그들은 순순히 열쇠를 넘겼다. 처음에는 농담처럼 떠올린 가능성이었지만, 네 아버지가 열쇠를 달랑거리며 집에 돌아왔을 때는 기대감이 보글보글 피어올랐다. 그날 저녁 우리는 401호에 갔다. 옷과 가전제품, 음식 따위가 그대로 남아 있었다. 아이가 없어서 그런지 우리와는 달리 세련된 집이었다. 디퓨저와 에어서큘레이터가 집 안을 상큼한 향으로 채웠다. 멋들어진 그림으로 장식된 벽이 있었고, 침대는 호텔에 있는 것처럼 하얗고 부드러웠다. 침대에 엉거주춤 걸터앉아 나와 네 아버지는 조용히 웃었다. 비눗방울 같은 웃음이 입술 사이로 새어 나왔다.

 우리는 마음에 드는 걸 하나씩 챙겨 나왔다. 나는 낮에 읽을 만한 소설책 한 권을, 네 아버지는 마침 필요했다면서 검은 벨트 하나를. 처음에는 너를 재우고 책을 읽으면서도 심장이 벌렁거려 글자가 하나도 눈에 들어오지 않았다. 갑자기 401호가 집에 들이닥쳐 내 멱살을 쥐고 흔들 것만 같았다. 하지만 그들은 돌아오지 않았다. 배는 정상적으로 하루에 두 번만 오갔다. 사흘이 지나자 책 내용이 눈에 좀 들어왔고, 일주일 후 나는 마음에 드는 페이지의 귀퉁이를 접었다. 402호가 떠날 때쯤, 우리에게는 필요한 게 생기면 먼저 401호를 뒤져 보는 습관이 생겨 있었다. 세상 일이 다 그렇듯 처음이 어렵지 두 번째부터는 쉬웠다. 402호는 디지털 도어 록을 사용했고, 여덟 자리 비밀번호는 부부의 생일을 합쳐 만든 것 같았다.

겨울은 우리에게 하나의 불안이었다. 너는 겨울이면 얇게 얼어붙는 물이 익숙하겠지만, 그때는 물에 잠긴 뒤 맞는 첫 겨울이었으니 어떻게 될지 아무도 몰랐다. 202호가 급히 떠난 것도 아마 그 때문이었을 거다. 이제 이곳에 남은 건 102호의 노인과 우리뿐이었다.

익사한 줄 알았던 나와 네 아버지의 꿈은 유용한 시체가 되어 떠내려왔다. 401호에 있던 책에서 읽은 내용인데, 몸속에 공기가 찬 시체는 구명 튜브 대신 사용할 수 있다. 뼈는 잘 깎아서 도구로 만들 수 있고, 악취는 야생동물을 쫓아내는 데 효과적이다. 유일한 문제는 생리적 거부감이라고 했다. 그리고 그건 정확히 102호 노인이 나와 네 아버지에게 주는 감정이었다.

우리가 3층과 4층을 차지하는 사이 102호는 나름대로 잇속을 챙기고 있었다. 202호가 떠나고 우리가 2층에 갔을 때, 거기에는 공구함을 든 102호가 있었다. 회의할 때마다 입고 있던 누런 메리야스 차림이었다. 예상 밖의 상황이었다. 우리가 시체처럼 멀뚱히 있는 사이, 102호가 먼저 입을 열었다.

— 자네들 위층을 전부 쓰고 있지?

나는 무심코 네 아버지의 손을 꽉 쥐었다. 102호가 그 사실을 어떻게 알았을까? 떠나는 이들은 모두 네 아버지가 혼자 배웅했는데. 우리는 아무 대답도 하지 않았다. 하지만 노인은 우리의 침묵만으로도 충분히 대답이 된다는 듯 낄낄거렸다.

— 201호에서 잔 적이 있어. 그날 자네들은 외출하지도 않았는데 아무 소리도 안 들리더군. 뻔한 일 아니겠나?

팔에 게알처럼 오글오글한 소름이 돋았다. 4층까지 사용하게 된 뒤로 우리는 네게 조용히 하라거나 뛰지 말라고 말한 적이 없었다. 단독주택에서 자란 아이라면 응당 그래야 하니까. 그게 이런 결과로 돌아올 줄이야.

— 사이좋게 나누자고. 자네들은 3, 4층을. 나는 1, 2층을. 간단하고 공평하지 않나?

노인은 그렇게 말하고는 우리에게서 시선을 거두었다. 그리고 다시 자기가 하던 일, 그러니까 202호의 문을 따는 일에 열중하기 시작했다. 네 아버지가 더듬더듬 입을 열었다.

— 허락은 받고 하시는 겁니까?

— 아니.

우리는 아무 말도 못 하고 집으로 돌아왔다. 노인의 가증스러운 표정이 계속해서 떠올랐다. 사실 노인의 주장이 말이 안 되는 건 아니었다. 다만 우리가 보는데도 아랑곳하지 않고 문을 따는 그 뻔뻔함이 마음에 걸렸다. 그가 2층을 차지한다면 다시 아래층이 생기는 셈이라는 건 문제의 아주 작은 부분에 불과했다.

공동주택의 상식은 위층이 아래층보다 형편이 좋다는 거다. 층간 소음부터 배수 문제까지 위층에서 넘치는 문제들을 아래층이 감당해야 하기 때문이다. 하지만 그건 불특정 다수가 사는 공간에서의 이야기에 불과하다. 인간은 땅에 발을 딛지 않고는 살아갈 수 없다. 위는 아래를 모르지만 아래는 위를 안다. 아래층에 들키지 않고 건물 밖으로 나갈 수는 없다. 층간 소음은 정보의 다른 이름이다. 나는 노인이 숨죽이고 천장에 귀를 대고 있는 악몽을 꾸었다. 또 우리가 4층에 가 있는 동안 노인이 301호, 그러니까 우리 원래 집 현관문을 따고 들어오는 악몽도 꾸었다.

102호로 인해 우리의 미래는 사후강직된 시체처럼 뻣뻣하게 굳었다. 우리는 텃밭을 꾸리기 위해 겨우내 준비해 둘 예정이었다. 게와 벌레들을 쫓을 반려동물도 한 마리 알아보고 있었고, 널 위해 마당에 나무 그네도 설치하고 싶었다. 그러나 노인이 무슨 짓을 할지 알 수가 없었다. 하루는 눈이 내렸고 너는 밖에 나가 놀고 싶어 했다. 네게는 좋은 기억으로 남아 있으려나. 네가 눈사람을 만들겠다고 꼬물거리는 동안 나는 너와 1층을 번갈아 보느라 고역이었다. 102호에는 커튼이 쳐져 있었지만, 거기엔 작은 틈이 있었고 그 틈으로 누런 얼룩 같은 게 언뜻언뜻 비쳐 보였다. 네 아버지가 있었으면 좀 더 안심하고 놀았을지도 모르겠다. 하지만 우리밖에 없는 이곳에서 눈은 바로 치우지 않으면 살벌하게 얼어 버렸다. 눈에는 주말에만 맞춰 내리는 친절함 따위는 없었다.

나는 노인이 두려웠다. 그는 늙었지만 남자였다. 그의 음흉함과 뻔뻔함이 언제 폭력성으로 돌변할지는 아무도 모를 일이었다. 만약 그가 칼이라도 들고 달려든다면……. 나는 너를 지키는 건 고사하고 내가 살아남을 자신도 별로 없었다. 후추 스프레이를 사 놓긴 했는데, 너도 알게 되겠지만 그런 거야말로 정신없을 때 깜빡하기 가장 좋은 물건이다. 그래도 작은 위안 하나쯤은 있었다. 그는 남자였지만 늙었다. 우리가 복도를 지날 때마다 102호에서는 우렁찬 기침 소리가 들려왔다. 존재감을 드러내는 방식으로서는 고약하기 짝이 없었지만, 중요한 건 그게 예사 기침이 아니었다는 점이다. 네 아버지 말로는 저러다 잘못하면 허파를 토할 수도 있다고 했다. 당시에는 수륙양용 앰뷸런스 같은 건 없었다.

네 아버지는 종종 선물 삼아 위층에서 흥미로워 보이는 책을 골라다 주곤 했다. 이 노트는 네 아버지의 실수로 손에 넣게 되었다. 네 아버지는 소설인 줄 알고 이 노트를 가져왔다. 촤라락 펼쳐지는 빈 페이지들을 보며 네 아버지는 민망하다는 듯 웃었다. 검은 바탕에 산뜻한 노란색으로 Agota라고 적힌 표지를 가졌으니 소설이라고 착각할 법도 했다. 네 아버지 말에 따르면 이 노트는 하필이면 『존재의 세 가지 거짓말』이라는 제목의 책 옆에 있었는데, 앙상한 남자 둘이 그려진 표지가 영 재미가 없어 보여서 그 옆에 있는 걸 골랐다는 것이었다.

― 이참에 직접 소설을 써 보는 건 어때? 불안할 때는 상상을 글로 적어 보면 좀 해소된다고도 하잖아.

네 아버지가 잠든 네 머리를 쓰다듬으면서 말했다. 나는 고개를 저었다.

― 싫어. 말이 씨가 될 수도 있잖아. 이 시간에 102호가 현관을 쾅쾅 두드리는 상상 같은 건 그냥 꿈에다가 털어 버리는 게 나아.

내가 그 말을 하기 무섭게 정말로 쾅쾅 두드리는 소리가 들렸다. 하지만 현관이 아니라 바닥에서였다.

— 장난치지 마.

나는 웃으며 네 아버지의 어깨를 잡았다. 그러나 네 아버지는 웃고 있지 않았다.

— 나 아니야.

그때 다시 한번 바닥에서 쾅쾅 두드리는 소리가 들렸다. 네가 울기 시작했다. 2시간 만에 간신히 재운 거였는데. 나는 너를 안고 머리를 쓰다듬어 주었다. 때로는 짜증이 두려움을 이긴다.

— 진짜 미친 거 아니야?

나는 네 아버지가 같이 화를 내거나 네 앞에서 거친 말을 쓰지 말라고 농담 섞인 핀잔을 할 줄 알았다. 하지만 네 아버지의 입에서는 전혀 다른 말이 흘러나왔다.

— 들었어?

— 당연하지. 도대체 이웃을 뭐라고 생각하는 거야?

— 아니 그게 아니라.

— 아니 그렇잖아. 우리가 지나갈 때마다 기침하는 것만 봐도 그래. 심심하니까 관심 끄는 거잖아. 당신 없을 때 저 노인네가

뭘 하는지 알아?

— 살려 달래.

바닥이 다시 울렸다. 나는 노인이 들고 있을 그 무언가가 바닥을 뚫고 나와 내 발바닥을 찌를까 봐 두려웠다. 도대체 뭘로 우리 바닥을 찔러 대고 있는 걸까? 밀대? 망치? 아니면 칼?

네 아버지가 걸음을 옮겼다. 나는 반사적으로 네 아버지의 어깨를 잡았다. 바닥이 내려앉기라도 한 듯 몸이 휘청였다.

— 가지 마.

내가 말했다.

— 살펴보기만 하고 올게.

네 아버지가 말했다.

— 가지 마.

내가 말했다.

— 할아버지가 고약한 건 맞는데, 정말로 죽길 바라는 건 아니잖아.

네 아버지가 말했다.

— 내일 생각해 보자.

내가 말했다.

우리는 다음 날 201호에 갔다. 문은 닫혀 있었으나 잠겨 있지는 않았다. 노인이 방을 차지한 지 오래되지도 않았는데 현관에서부터 누리끼리한 냄새가 났다. 집 안은 조용했다. 네 아버지가 앞장섰고, 나는 너를 안고 뒤따랐다. 방문을 조심스럽게 열었고, 혹시 문이나 기둥 뒤에서 노인이 나타나지 않을까 신경을 곤두세웠다. 두 번째 방이 침실이었다. 노인은 이불을 둘둘 말고 침대에 누워 있었다. 침대맡에 우산이 널브러져 있었다. 노인의 몸은 부자연스러운 각도로 뒤틀린 채 딱딱하게 굳어 있었다. 그 모습이 꼭 밟힌 소라게 같았다.

2

안녕 애야, 잘 지내고 있니? 엄마야. 앞에서부터 읽었으면 알겠지만, 이 노트는 네 할머니께 물려받은 걸 내가 이어서 쓰는 거야. 네 할머니께서는 유언은 아니고 당부쯤 되는 말씀으로 이걸 장례식 끝나고 바로 읽으라고 하셨는데 막상 나는 하루에 30분밖에 못 걷는 몸이 되어서야 이걸 읽었구나. 물론 엄밀히 말하자면 내가 말을 안 들은 건 아니긴 해. 장례식을 안 치렀으니까. 그래도 걱정하시던 일은 하나도 일어나지 않았으니 참 다행이지. 너도 알겠지만 아무도 여기 찾아와서 뭔가를 문제 삼은 적은 없잖니. 간혹 괴짜 낚시꾼이나 보이는 정도였지. 애써 잡은 물고기에 부리가 달린 걸 보고 기겁해서 도망가는 꼴이 재밌었는데, 너도 기억할지 모르겠다. 네가 중학교에 들어갈 때쯤부터는 그런 사람들조차 찾아오지 않았으니 말이야. 무슨 바이러스였나 방사성 물질이었나가 유행한 다음부터였으니 맞을 거야, 아마.

네게 뭔가 쓸모 있는 걸 남겨 주고 싶어서 노트를 폈는데 막상 내 옛이야기가 재미있더라. 네 할머니께서 MBTI를 그렇게 진지하게 기억하고 계셨던 것도 참 신기해. 돌아가실 때쯤엔 혈액형 성격론처럼 철 지난 농담이 됐는데 말이야. 내가 한동안 MBTI 타령을 많이 하긴 했지. 네 할머니께서는 분명히 J셨을 거야. 뭐든 잘 챙기고 잊는 법이 없으셨거든. 그런데도 걱정하시던 일은 하나도 일어나지 않은 걸 보면……. 내가 걱정하는 일들도 아마 거의 일어나지 않을 것 같아. 그러니까 이 글은 재미로만 읽으렴. 조언이 좀 괜찮다 싶으면 참고해도 좋고.

어릴 때 나는 왜 우리 집에는 큰방 안에 작은방들이 있는지 궁금했어. 왜 큰방들의 구조가 다 비슷하게 생겼고, 큰방에서 다른 큰방으로 갈 때 화강암으로 된 차가운 복도를 지나야 하는지도. 큰방마다 붙은 번호들은 네 할머니의 악취미인 줄로만 알았지. 모든 방을 돌고 오는 집안일을 하고 용돈을 받았던 거 기억하니? 숨은그림찾기처럼 달라진 걸 찾아내면 5천 원을 더 줬잖아. 그거 사실 내가 어릴 적부터 있었던 거야. 부잣집들은 제각기 특이한 전통을 가졌다는 글을 내가 언제 읽었는지 모르겠지만, 나는 그 집안일 역시 그런 전통의 일종일 거라고 믿었어. 생각해 봐, 햇살 좋은 날 호수에 배를 띄우고 놀 수 있는 집이라니 영화 같은 일이잖아. 네 할머니께서 절대로 친구를 데려오면 안 된다고 으름장만 놓지 않으셨더라면 나는 귀족 영애 같은 걸로 초등학교 때부터 인기가 많았을 거야. 그럼 성격도 더 밝았을 거고 네 아버지랑 결혼도 안 하지 않았을까? 물론 널 낳고 싶지 않았다는 의미는 아니야. 오해는 말아.

인제 와서는 다 의미 없는 얘기지만 내가 네 아버지와 결혼한 건 네 할머니 탓도 컸어. 네 할머니와 네 할아버지는 데면데면하게 지내셨어. 사이가 좋아 보이지도 나빠 보이지도 않았지. 부부 사이라기보다는 회사 협력 부서에 있는 사람들 같았달까. 계속 봐야 하는 사람이니까 예의를 차리는 느낌 있잖아. 나는 그래서 연애랑 결혼은 완전히 다른 거고 결혼은 사랑하지 않는 사람이랑 하는 건 줄 알았어. 성실한 사람이라는 말, 사실 연인

관계보다는 업무 평가서나 자기소개서에 더 많이 쓰는 말이잖니. 깜빡 속아 버린 거지. 사실 두 분 사이에서는 중요한 무언가가 죽어 버린 것뿐이었는데.

그걸 확신하게 된 건 네 할머니께서 돌아가실 때였어. 네 할머니께서는 네 할아버지와 같이 묻히고 싶지 않다며 돈이 좀 더 들더라도 묘지를 다른 곳에 쓰기를 바라셨지. 내 귀에 대고 네 아버지는 영 믿음직하지 못하다고 속삭이셨어. 이 노트를 내게 주시면서 앞서 말한 장례식 얘기를 하신 것도 그때였어. 물론 영화처럼 말을 마치자마자 돌아가신 건 아니었고 며칠 뒤에 집에서 주무시다가 편히 가셨지만 어쨌든 얼추 그랬지.

웃긴 건 사실 네 할아버지께서도 똑같은 말씀을 하셨다는 거야. 돌아가실 때는 아니었고, 네 할머니랑 크게 싸우신 날이었어. 너무 사소한 이유로 크게 다투셔서 아직도 기억이 나네. 내게 수영을 가르치느냐 마느냐 하는 문제였어. 네 할아버지께서는 가르쳐야 한다는 의견이셨고, 네 할머니께서는 안 된다는 쪽이셨지.

— 물에 빠지면 어떡하려고 그래? 자기 몸은 구할 수 있어야 할 거 아냐.

네 할아버지께서 언성을 높이셨어.

― 애초에 수영을 가르쳐 놔서 저 물에 들어가면 어쩌려고?

네 할머니께서는 창밖을 가리키셨어.

이견은 결국 좁혀지지 않았는데, 그건 사실상 네 할머니가 이겼다는 뜻이었어. 나랑 시간을 보내는 건 대부분 네 할머니였으니까.

나는 쿵쿵거리며 4층으로 올라가시는 네 할아버지를 따라갔어. 특별히 네 할아버지 편이라서 그런 건 아니었고 그냥 수영이 배우고 싶었거든. 네 할아버지께서는 402호에 있는 고급 가죽 소파에 몸을 파묻으셨어. 내가 무릎에 앉자 머리를 쓰다듬어 주셨어. 그리고 조용히 한마디 하셨지.

― 네 엄마는 영 믿음직하지 못해.

나는 어렸지만, 그 말을 네 할머니에게 전하면 안 될 거라는 것쯤은 알았어. 잊지도 못하고 평생 꽁꽁 숨겼지. 그런데 똑같이 생각하고 계셨다니 이게 뭐람. 두 분이 다투실 때마다 네 할아버지께 안기던 시간이, 네 아버지와 결혼해서 산 시간이 좀 바보같이 느껴지더라. 뭐 그렇다고 네 할머니를 원망했다는 뜻은 아니야. 그런 이유로 장례식을 치르지 않은 것도 아니고.

네 할머니께서 돌아가셨을 때만 해도 나는 장례식을 치를 생각이었어. 하지만 눈물을 닦고 휴대폰을 집어 들었을 때 네 아버지가 내 손목을 잡았어.

― 신고할 거야?

나는 네 아버지를 노려보았어. 성실한 거 하나만 보고 결혼했는데 그런 행동을 하다니 믿기지 않았지.

― 내가 못 미덥기라도 해?

내 눈빛이 꽤 사나웠는지 네 아버지는 더듬더듬 설명했어. 사망신고로 인해 사라지게 될 연금 소득과 이 집에 부과될 상속세 등등에 관해서. 네 아버지의 결론은 이 집을 잃게 될 거라는 거였고, 그에 덧붙여 우리가 가진 돈으로 구할 수 있는 다른 집들을 보여 주었지. 그때 내가 했던 대답은 잘 기억나지 않는데, 아마 이런 말이었을 거야.

― 내일 생각해 보자.

네 할머니께서 마당 커피나무 아래에 묻혀 계신 건 그 때문이야. 물론 너도 대략은 짐작하고 있었던 것 같지만. 내가 집에서 조용히 죽겠다고 할 때 잠자코 고개만 끄덕이는 걸 보면 다 알아. 네가 미래에 어느 정도의 희망을 걸고 있는지까지도 말이야. 분명 네 할머니, 나 그리고 네 아버지의 연금을 합치면 못 살아갈 정도는 아닐 테지. 뉴스에서 한국이 이제 200세 시대를 뛰어넘어 최장수 국가가 되었다고 하더라. 그런 걸 보면 요즘 젊은이들도 대개 너랑 비슷한 생각을 하는 것 같기는 해. 나쁘다고 생각하지는 않아. 사망신고가 뭐 신성한 것도 아니고 그냥 서류 절차일 뿐이니까. 그래도 나는 네가 일을 했으면 좋겠어. 너는 대학원도 나왔고 딸린 식구도 없잖니. 여기서 외롭고 느린 삶을 사는 것보다 나은 무언가가 분명 있을 거야. 버는 족족 세금으로 다 나가는 게 물론 억울하겠지만…… 나중에 돌려받는 거기도 하고, 일이라는 게 돈만 보고 하는 건 아니잖아. 물론 그건 전부 내 생각이고 네 세계는 전혀 다를 수도 있겠지. 우리나라에서 커피 재배가 가능할 거라고는 아무도 상상하지 못했던 것처럼. 혹은 게가 네가 어릴 때까지만 해도 우리 집에 드나들었다는 게 네게 어색할 것처럼.

너는 게가 없는 집에 익숙하겠지만 네 할머니 글에도 쓰여 있는 것처럼 한때 게들은 집 안 곳곳까지 드나들었어. 네 할머니께서는 내가 늘 게를 뚫어져라 쳐다보고 있더라며 내가 어릴 때 게를 좋아했다고 여기셨지만, 사실 그건 착각이야. 나는 게가 무서워서 그런 거였어. 여기 게들은 더럽고 뚱뚱한 집게를 달고 있고, 사람이 겁을 줘도 도망치지 않아. 쫓아내려고 하면 할수록 오히려 가까이 다가오지. 마치 먹잇감이라도 발견한 것처럼 말이야.

 한번은 이런 일이 있었어. 네가 네 살 때의 일이야. 너는 401호에서 신기한 걸 찾았다면서 내게 달려왔지. 나는 네 손을 봤는데 네 손에는 아무것도 없었어. 너는 깔깔 웃으면서 티셔츠를 펄럭였어. 티셔츠 밑단에 TV 리모컨이 달려 있었어. 나는 네가 장난치는 줄로만 알았어. 1층과 4층의 가구와 가전제품들은 다 비닐로 포장해 놨잖아. 습기와 소금기 때문에 자꾸 고장 나고 녹슬어서 그런 건데, 그 나이에 네가 그 이유까지 알지는 못했겠지. 나는 너를 어떻게 혼내야 할지 고민하면서 리모컨을 잡으려고 손을 뻗었어. 그러자 리모컨이 움직였어. 나는 깜짝 놀라 비명을 질렀어. 자세히 보니 그건 리모컨을 등에 진 게였어.

 자, 이건 중요한 거라서 강조하는데, 게는 절대 손으로 잡으면 안 돼. 네 할머니 대에는 게에 물려도 좀 긁히거나 부어오르는 정도였을지 몰라도 네 아버지는 게에 물려서 응급실까지 간 적도 있어. 요새 야생동물들은 온갖 해로운 균과 바이러스에 감염되어 있다고 의사가 말했어. 다행히 네 아버지 때는 치료제가 있었지만, 매번 그렇게 운이 좋을 수는 없을 거야. 네가 맞은 2백만 원짜리 종합 예방접종이 허사가 되지 않기를 바라.

 나는 네 옷 밑단에 달라붙은 게를 국자로 내리쳐 떨어뜨렸어. 깨지는 소리가 났는데 깨진 게 리모컨인지 게인지는 알 수가 없었지. 확실한 건 바닥에 떨어진 리모컨이 여전히 꿈틀거리며 움직이고 있었다는 거야. 나는 녀석을 BB탄 총으로 쐈어. 총알은 리모컨에 맞기도 했고 게를 직접 맞히기도 했어. TV가 켜지고, 뉴스가 흘러나왔어. 버추얼 기상 캐스터가 올해 여름에는 토네이도가 상륙할지도 모른다는 진부한 소식을 전했어. 중앙 등이 꺼졌고, 에어컨에서 따뜻한 바람이 나오기 시작했어. 로봇 청소기가 지정 코스를 청소하겠다고 말했어. 중앙 등이 다시 켜졌고, 창문이 블라인드 모드가 되어 까맣게 물들었어. TV 녹화가 시작되고서야 게는 드디어 움직임을 멈췄어.

　내가 게를 처리할 때까지도 너는 여전히 재미있다는 듯 깔깔 웃고 있었어. 자기도 BB탄 총을 쏴 보고 싶다며 내 팔을 잡고 매달렸지. 나는 간신히 너를 진정시킨 뒤, 네 팔을 끌고 401호로 올라갔어. 너는 자랑스럽다는 듯 TV를 돌려 뒷면을 보여 주었어. 나는 깜짝 놀라 너를 안고 물러섰어. 거기에는 게들이 득실거리고 있었어. 몇몇 녀석들은 우리를 보고 다가오려는 듯 꿈틀거렸어. 더듬이에 달린 눈알들이 우리를 조준했어. 만약 놈들의 몸과 다리가 그물처럼 얽혀 있지만 않았더라면……. 상상도 하기 싫네.

게의 문제는 무는 게 전부가 아니야. 집 안에 게가 많으면 새들이 들어오려고 한다는 게 진짜 문제지. 어떻게 알고 오는 건지는 몰라도 항상 그랬어. 왜가리와 까마귀는 방충망을 다 헤집어 놓는단다. 방충망이 망가지면 날치부터 문어와 불가사리, 각다귀와 바퀴벌레까지 온갖 것들이 들어와. 그렇게 들어온 생물들은 집 안의 틈과 구멍마다 파고들어 나중에는 결국 집을 무너뜨리게 될 거야. 미리 발견하는 건 그나마 다행스러운 일이지만, 그렇다고 치우는 게 고되지 않다는 뜻은 아니지. 괜히 방마다 연막 소독 장치가 있는 게 아니야.

네 아버지와 나는 1층과 4층을 전부 뒤집어엎었어. 비닐 포장만으로는 불충분했어. 네 할머니 대에는 별문제가 없었을지 몰라도 이제는 아니었으니까. 우리는 게에 물리지 않기 위해 온몸을 꽁꽁 싸매고 비닐 포장을 하나씩 뜯어 게들을 내쫓았어. 게들이 득실대던 곳에서는 메스꺼운 비린내가 났어. 분명 살아 있는 놈들이었는데, 꼭 뭔가 죽어서 썩어 가는 듯한 냄새였지.

게들을 치우다가 네 아버지가 커피를 쏟은 건 행운이었어. 솔직히 아무리 피곤하다고 해도 대충대충 할 수 없는 일을 하며 커피를 마시다니 영 탐탁지 않았는데, 결과가 그렇게 나오고 보니 뭐 욕을 할 수도 없고 그랬어. 네 아버지는 죽기 전까지도 그 커피 이야기로 거드럭거렸어. 솔직히 좀 꼴 보기 싫었지만, 뭐 어쩌겠어. 커피는 그만큼 중요한 발견이었으니까. 그전까지 게들은 겁이라고는 없어서 어떻게든 다 그러모아 던져버리거나 죽여야 했어. 하지만 커피에 닿은 게들은 몸을 부르르 떨더니 평범한 야생동물처럼 행동하기 시작했어. 우리가 잡으려고 하면 도망치기 시작한 거야. 게다가 커피가 쏟아진 곳 근처로는 다시는 접근하지 않았지. 처음에는 게를 치우기가 더 힘들어져서 짜증이 났지만, 우리는 곧 깨달았어. 그게 우리가 앞으로 해야 할 일이라는 걸 말이야.

마당에 커피나무를 기르기 시작한 건 그때부터야. 네 할머니 묘도 수목장으로 다시 했고. 커피는 효과가 좋았어. 게들은 더 이상 집 안으로 들어오지 않았지. 어디서 읽었는데 사람들이 우울증 약을 너무 많이 먹어서 하수처리된 물에도 우울증 약 성분이 있대. 게들이 미친 건 어쩌면 그거 때문이고, 커피가 정신을 차리는 데 도움을 주는 건지도 몰라. 물론 이유가 중요한 건 아니지. 중요한 건 항상 집 안에 커피콩 자루들을 걸어 두는 걸 잊지 말아야 한다는 거야. 특히 신발장이나 옷장 같은 곳은 더더욱 신경 써서.

집에 너만 남을 걸 생각하니 정말 걱정이 태산이다. 너는 이런 일에는 전혀 관심이 없으니 말이야. 어릴 때부터 본 생물들이 전부 이상했으니 뭐가 정상이고 비정상인지도 잘 모를 거고. 여기서 네가 마주치는 생물 중에 정상은 없어. 물고기는 ㄱ자로 생기지 않았고, 까마귀는 원래 다리가 두 개야. 소라게는 플라스틱 물병이나 커피 캔이 아니라 소라 껍데기를 지고 다니고. 절대 아무것도 손대거나 먹으면 안 돼. 잘 모르겠으면 집에 있는 동식물 도감을 봐. 그 책은 아직 세계가 멀쩡하던 시절에 쓴 거니까.

아니다. 차라리 결혼이라도 하는 게 어떻니? 네 아버지는 시키지 않으면 손 하나 까딱 안 하는 사람이었지만 그런 사람이라도 하나 있는 게 없는 것보단 훨씬 낫더라. 설마 큰방 하나 골라서 거기서만 살고 다른 방들은 내버려둘 생각은 아니지? 건물은 나뉘어 있는 것처럼 보여도 사실은 다 이어져 있어. 한 집에만 바퀴벌레가 나오는 건물은 없어. 한 집에 바퀴벌레가 나오면 반드시 다른 집에도 나와. 게도 마찬가지야. 집은 그렇게 무너지는 거야.

평생 이곳에서 빠져나오려고 노력했는데 막상 네게 물려줄

게 이곳밖에 없네. 그래도 우리가 애썼다는 건 알아주렴. 네 아버지는 기계가 사람보다 택배를 더 싼값에 나르게 되기 전까지 택배 일을 했어. 앉아서 일하는 좋은 일자리는 인공지능이 거의 멸종시켜 버렸으니 어쩔 수 없는 일이었지.

택배 일을 하면서 네 아버지는 온갖 집을 돌아다녔어. 수상가옥부터 산자락에 있는 다세대주택, 고급 대단지 아파트까지 말이야. 네 아버지는 마음에 드는 집을 발견할 때마다 사진을 여러 장 찍어 왔어. 우리는 집값을 찾아보고 헛웃음을 짓곤 했지. 집값이 더 이상 오르지 않고, 우리가 넉넉하게 대출을 받는다는 전제를 깔고서도 한 세기는 벌어야 엄두라도 내 볼 수 있겠더라고. 그래도 우리는 네 아버지가 일자리를 잃을 때까지 그 소소한 취미를 멈추지 않았어. 그건 뭐랄까, 우리 삶에 대한 작은 변명 같은 거였거든.

네 아버지 말에 따르면 5킬로그램보다 가벼운 것들은 드론의 몫이어서 일급을 많이 받으려면 생수같이 무거운 걸 많이 날라야 했대. 그래서였나 봐, 네 아버지가 고양이 자세를 하다가 갑자기 벌떡 일어나 집 안을 돌아다니는 습관이 생긴 건. 무거운 걸 들고 건물 안을 돌아다니면 평평한 곳을 걸을 때도 얕은 오르막을 오르는 느낌이래. 건물을 꾹꾹 눌러 땅에 붙이는 것 같다나. 택배를 받는 집은 배달원들이 계속 찾아와 무거운 걸 나르니까 땅에 붙어 있는 거라고 네 아버지는 말했어. 반대로 우리 집은 마치 부패한 시체가 호수 위로 둥둥 떠오르는 것처럼 땅에서 뽑혀 나올 것만 같다고 했지.

이상한 말 같겠지만 터무니없는 걱정은 아니었어. 한번은 네 아버지가 친구를 집에 초대한 적이 있는데, 그 친구는 이 집이 어떻게 아직까지 무너지지 않고 버티나 의아해했어. 물에 둘러싸인 땅은 지반이 모래나 진흙처럼 변해서 결국 그 위에 선 건물은 무너져 버린다는 거야. 말하자면 시한부라는 거고, 아마 네 할머니 세대에 빠져나간 사람들은 거기까지 생각하고 도망쳤을 거라고, 그 친구는 말했어. 생각해 보니 전기랑 수도도 멀쩡하잖아! 친구는 주택 연금 복권에 당첨되기라도 한 것처럼 웃음을 터뜨렸어. 그 친구가 말하기를 이 집에서 여태 살아온 것 자체가 기적이래.

나는 네 할머니와 할아버지의 꿈이 어엿할 거라고는 한 번도 생각해 본 적이 없지만 그래도 그 말은 좀 충격이었어. 그러고 보면 이상하지. 왜 여태 한 번도 발밑을 의심해 본 적이 없었을까? 이곳을 둘러싼 물은 하필이면 짠 물이잖아. 페인트는 매년 새로 발라도 연말이 되면 성에와 함께 떨어져 나가고, 쇠로 된 것들은 하나씩 하나씩 스테인리스로 교체하다가 이제는 하나도 남지 않았지. 갑자기 벽지가 떨어지거나 금이 간 기둥을 발견하는 것도 몇 년에 한 번씩은 꼭 있는 일이었어. 전기와 수도는 문득 끊어졌다가 다시 이어졌다가 하는 게 원래 그런 줄로만 알았지. 그런데도 집이 어느 날 갑자기 무너질 수도 있을 거라는 생각은 한 번도 못 해 본 거야.

그 친구가 알려 준 대로 우리는 지반에 P파 탐지 침을 꽂았어. 지반이 꺼지면 집이 떠나가라 시끄러운 알람을 울린다는 녀석이었지. 알람이 울리면 당장 도망쳐야 한다고 그는 술에 취해 비틀거리면서도 거듭 경고했어. 우리는 혹시 탐지 침을 꽂자마자 알람이 울러 대지는 않을까 싶어 마음을 졸였어. 다행히 그렇지는 않았지. 탐지 침은 아주 의젓하게 섰단다. 오히려 박아 넣는 게 힘들 정도였어. 마음이 놓이면서도 나도 모르게 한숨이 새어 나왔어. 어쩌면 우리는 이곳을 어쩔 수 없이 떠날 날만을 기다려 온 건지도 몰라. 끝내 그런 날은 오지 않았지만 말이야.

우린 나름대로 열심히 살았어. 네 아버지는 필요한 물건이 있으면 택배에서 슬쩍 하는 등 빨간 줄이 그어지지 않는 선에서 노력했어. 나는 나대로 절약에 힘썼고 재테크도 배웠지. 하지만 애초에 뭔가를 할 만한 자본금이 없으면 다 별 소용없는 일이더라. 수위가 좀처럼 내려가지 않아서 우리가 빨갛게 칠해 놓은 선 아래를 한 번도 못 본 거랑 마찬가지인 일이었는지도. 아, 혹시 몰라서 덧붙이지만 네 아버지가 물건 빼돌린 건 걱정하지 않아도 돼. '통상 유실률'이라는 개념이 있어서 기업으로서도 물건이 없어지지 않으면 오히려 곤란하다고 네 아버지는 말했어. 뭐 그게 거짓말이었다면 말년에 허리가 망가져서 늘 웅크리고 누워 있어야 했던 걸로 벌 받은 셈 치는 수밖에. 아무튼, 네게도 너의 최선이 있으리라고 믿어. 장례 안 치르는 거 잊지 말고. 나중에 보자.

3

안녕 애야, 잘 지내고 있니.

이렇게 시작하는 게 전통인 것 같아서 따라 해 봤는데 입에 잘 붙지를 않네요. 제가 결혼도 안 하고 애도 없어서 그렇다기보다는 시대가 변해서 그렇겠지요. 이 글이 시작된 지도 한 세기가 되어 가니까요. 이제 세기 개념을 다시 정해야 할 것 같기도 해요. 250세 시대에 세기라는 말은 너무 거창하지 않아요?

시작하자마자 사담이라서 죄송해요. 원래 NCT-A형이 좀 산만하대요. 요새는 개인 취약성 진단으로 하는 성격 유형 검사가 유행이에요. NCT-A형은 항체가 많고 장내 미생물은 적은데 또 보균 수치는 높은 특이한 유형이에요. 아마 종합 예방접종 덕분이지 싶어요.

할머니와 어머니의 글을 다 읽었어요. 두 분께서는 제가 여기에 뭘 적어도 읽지 못하시겠지만……. 또 모르죠. 저는 신을 안 믿지만, 신이 있다고 여기는 사람들도 있고 그럼 귀신이나 그런 것도 있을지도 몰라요. 어머니 말씀처럼 사후에 우리가 만날 수도 있겠죠. 그렇게 생각하니까 조금 더 쓸 힘이 나네요.

집의 근황이 궁금하시죠? 결론부터 말씀드리자면 집은 무너지지 않았어요. 탐지 침도 안 울고 의젓하게 잘 박혀 있어요. 하지만 아주 멀쩡한 건 아니에요. 4층이 무너졌어요. 정확히는 4층 천장, 그러니까 옥상이라고 해야 할지 지붕이라고 해야 할지 그게 무너진 거예요. 생각해 보면 우리 매일 101호부터 402호까지 모든 방을 다 밟고 다니자는 규칙을 정해 놓고서 옥상은 까맣게 잊고 있었잖아요. 눌러 준 적도 없는데 이렇게 오래 버틴 게 오히려 기적인지도 몰라요.

옥상이 무너지던 날을 기억해요. 밤중이었는데, 누군가 어마

어마하게 무거운 짐을 내려놓기라도 한 듯 집이 쿵 뛰었어요. 저는 집에 운석이라도 떨어진 줄 알았어요. 운석이라면 꼭 밤에 떨어질 것만 같아서 그렇기도 했지만, 그보다는 이제 오존층도 별매인 시대거든요. 요즘 잘사는 동네에는 인공 오존을 채운 돔이 덮여 있어요. 자외선과 방사선을 막아 주고 깨끗한 공기도 만들어 낸대요. 밤이 되면 돔들이 전구처럼 빛나는 걸 볼 수 있어요. 마치 달이 땅에 내려온 것만 같죠. 그러니까 운석이 떨어질 수도 있지 않겠어요? 아니 솔직히 내심 그러기를 바랐어요. 나사에서는 운석을 부자들에게 비싼 값에 판다잖아요. 얼마나 아름답길래 그럴까요.

잔해를 치워 가면서 계단을 올랐어요. 먼지가 많이 날렸고 뭔가 타는 듯한 냄새가 났어요. 저는 우주복을 입은 데다가 소화기까지 들고 있었으니 걱정은 없었죠. 요즘 우주복은 고급 브랜드가 아니어도 기능이 꽤 괜찮거든요. 방사능 방어는 기본에 방열 방진 기능까지 있어요. 좀 철없는 이야기지만 저는 기능들을 시험해 볼 생각에 신이 나기도 했던 것 같아요. 하지만 막상 올라가 보니 운석은 없고 그냥 폐허가 된 4층만 있었죠. 말도 안 되는 온갖 일이 일어나는 세상인데 왜 집에 운석이 떨어지지는 않는 걸까요? 도시에 돔을 씌우고, 감염되면 세상 모든 게 아름다워 보여서 자살 위험이 치솟는다는 바이러스가 돌고, 아가미와 물갈퀴가 달린 사람들이 태어난다는데요. 기적과 기미는 한 끗 차이인 것만 같은데 기적은 도무지 일어나지를 않아요.

옥상이 무너졌다고는 해도 많은 게 변하지는 않았어요. 3층 천장은 무사했고, 아래층 벽에 금이 가거나 생물들이 쏟아져 나오는 일도 없었어요. 변한 건 내 마음뿐이었죠. 전에는 이렇게 살다가 죽겠거니 막연히 생각했어요. 어머니, 제가 일도 하고 다른 집도 구하기를 바라셨다는 거 알아요. 하지만 누가 고생해서 제자리걸음을 하고 싶겠어요. 웅크려 살아도 몸이 편한 게 더 좋지. 배가 고픈데도 라면 하나 끓일 마음조차 안 들던 날도 많았어요. 안 먹는다고 죽는 것도 아니고, 먹고 내야 할 힘도 딱히 없었으니까요. 마치 식물이나 곰팡이처럼요. 저는 그것들의 생이 재미없다거나 불행할 거라고 생각하지 않아요. 여유 있는 삶, 욕망만 없다면 그것보다 좋은 게 있을까요. 그런데 4층을 치우게 되면서는 움직이지 않을 수 없었어요. 그건 하루에 한 번 집 안을 도는 것과는 다른 느낌이었어요. 손에 잡히는 일, 잔해를 치우고 집의 다른 부분에 문제가 생기지 않았나 보는 일은 의외로 꽤 즐거웠어요.

생각해 보면 저도 모르게 이 집이 비석 같은 거라고 여기고 있었던 것 같아요. 제 역할은 묘지기처럼 그냥 별 탈 없이 지내는 거라고요. 어지르면 일이니까 어지르지 않고, 웬만한 건 집에 있으니 뭘 잘 사지도 않았어요. 그런데 아니더라고요. 집은 살아 있는 생명체였어요. 얼마든지 변할 수 있었어요. 옥상을 치우고 야외 테라스처럼 가꾸기 시작했어요. 3층 가구들을 가져다가 옥상을 꾸몄죠. 밥맛이 생겼어요. 큰방마다 요리책이 있어서 요긴하게 챙겼어요. 우주복을 입지 않고 테라스에 있기 위해 작은 오존층 돔 견적을 냈어요. 이 집은 저랑 같이 죽을 거니까, 죽기 전까지 같이 재밌게 사는 것도 괜찮을 것 같았어요. 어머니마저 떠난 뒤에도 제가 죽지 않고 살아온 건 어쩌면 이 집과 마지막 시간을 보내기 위해서였는지도 몰라요.

네, 바로 어제까지만 해도 저는 그렇게 생각했어요.

오늘 제가 이 글을 쓰는 건 생각을 좀 정리하기 위해서예요. 할머니와 어머니 두 분 다 잘못 판단하셨어요. 이곳에 나타나는 게들은 성가신 것들도 위험한 것들도 아니에요. 그저 우리 집에 들어와 살려고 하는 거였어요. 게들이 어떻게 들어오는 건지 잘 모르겠다고 하셨는데, 그럴 만해요. 게들은 밀물과 썰물처럼 움직여요. 밤에 몰려와서 집 근처를 떠돌다가 해가 뜨면 물속으로 사라져 버려요. 게들이 밤에 하는 일은 집의 약한 부분을 찾아 파고드는 거예요. 숨어들어 균열을 넓히죠. 커피가 놈들의 접근을 막는다는 것도 오해였어요. 커피는 놈들을 좀 더 영특하게 만들어요. 어머니 말씀대로 각성 효과가 있는 건 확실해요. 하지만 게들은 들어오지 않는 것이 아니라 더 잘 숨은 거였어요. 커피를 걸어 놓으면 새들이 방충망을 헤집지 않았다는 것도 같은 맥락이에요. 새들은 눈으로 보고 게들을 잡으러 와요. 커피에 노출된 게들은 더 잘 숨었으니 보이지도 않았던 거죠.

다 집요한 추적의 결과로 알아낸 거예요. 저는 집에서 발견한 게들에 통신 태그를 달아 밖에 풀어놨어요. 그들이 발신하는 신호를 좇으면 어디서 오고 어디로 가는지 알 수 있어요. 이건 학자들이 철새나 고래를 연구할 때도 쓰는 방법이니까 제법 확실할 거예요. 대학원까지 가서 공부한 덕을 이런 엉뚱한 곳에서 보네요. 연구 방법론 수업은 최악이었는데, 역시 인간은 고통이 있어야 뭘 좀 배우나 봐요. 잘 알려져 있다시피 고통은 불안을 유발하고, 불안은 인간을 행동하게 하니까요.

제가 게들을 추적하게 된 것도 불안 때문이었어요. 어느 날 밤에 한 그림자를 봤거든요. 거대한 게 그림자였어요. 아래에서

쏘는 하이라이터 조명 같은 건 설치한 적 없으니 작은 게가 확대되어 보이는 건 절대 아니었어요. 매일 보는 창밖 풍경을 달리 착각할 이유도 없었죠. 공포 영화를 본 날도 아니었던 데다가 그 그림자는 잠깐 스쳐 지나간 게 아니었거든요. 창밖을 내다보니 거대한 게가 집 주변을 어슬렁거리고 있었어요. 그리고 밀물처럼 밀려든 작은 게들이 마치 탐사선처럼 집과 그 녀석 사이를 오가고 있었죠.

저는 얼어붙었어요. 나가서 쫓아낼 엄두도 못 내고 침대로 되돌아왔어요. 잠에 들기만 하면 거대한 게가 실제가 아닌 악몽으로 변하기라도 할 것처럼 잠을 청했어요. 정말로 거대한 게가 나오는 악몽을 꿨어요. 하지만 잠에서 깨어났을 때도 저는 여전히 불안했어요. 거대한 게가 왔다 갔다는 흔적은 어디에도 남아 있지 않았지만, 그것이 아무것도 증명하지 못한다는 걸 저는 너무 잘 알았죠. 결국, 그 불안을 떨쳐 내기 위해서는 녀석의 실체를 확인하는 수밖에 없었어요. 거대한 게가 정말로 있는 건지 없는 건지, 만약 있다면 위험한 녀석인지 말이에요.

거대한 게를 쫓는 건 쉬운 일이 아니었어요. 한 번 집에 숨어든 게들은 계속 집 근처를 떠돌 뿐 멀리 가지 않았어요. 그래도 방법이 없는 건 아니었죠. 직접 추적한다는 선택지가 있으니까요. 몇 날 며칠을 안 자고 기다리는 일은 하지 않았어요. 대신 카메라를 설치했죠. 만약 거대한 게가 정말로 있다면, 녀석이 나타나는 주기가 있을 거라고 생각했어요. 왠지 보름에 한 번일 것 같긴 했지만, 정확히 확인해서 나쁠 건 없으니까요. 확인하고 보니 정말로 보름에 한 번꼴이었어요. 그럼 그렇지. 기적은 몰라도 기미는 절대 배신하지 않더라고요.

보름이 지났어요. 배낭에 손전등, 라이터, 칼, 낚싯대, BB탄총과 연막 소독 장치를 챙겼어요. 연막 소독 장치는 네, 어머니 덕분이에요. 고마워요. 저는 우주복 차림으로 현관 앞에 섰어요. 새벽 두 시가 되자 거대한 게가 모습을 드러냈고, 저는 게들이 집 안에 들어오지 못하게 바리케이드를 치고 밖으로 나갔어요. 예상대로 작은 게들은 제게 달려들지 않았어요. 손전등을 켜도요. 문제는 거대한 게였죠. 녀석이 저를 공격할지도 모른다는 게 가장 큰 두려움이었어요. 녀석은 작은 게들과는 다른 생리를 가졌을지도 모르니까요. 혹시 몰라 주차장을 통해 도망칠 길도 미리 생각해 두었죠. 다행히 그럴 일은 일어나지 않았어요. 손전등을 눈에다 쐈는데도 녀석은 의미 없이 집게발을 휘적대기만 할 뿐이었어요. 도리어 저를 안심시키기라도 하려는 듯 섣불리 거리를 좁히거나 하는 일 없이 천천히 움직였어요.

조심하겠다고 근처에 돌도 던져 보고 불도 피워 본 게 괜히 머쓱해질 정도였죠. 연막 소독 장치도 자연히 쓸 일이 없어졌어요. 혹시 기대하셨다면 미안해요.

저는 거대한 게를 찬찬히 관찰했어요. 녀석의 몸집은 2층 높이나 됐고, 집게발을 뻗으면 옥상 테라스에 닿을 만큼 컸어요. 자연스럽지 않은 덩치. 녀석의 외골격은 마치 누더기처럼 작은 게들을 기워 만든 것 같았어요. 울룩불룩했고, 부피감 없는 부분마다 억지로 끼워 맞춘 듯 금이 가 있었죠. 군데군데 누리끼리한 털이 나 있어서 움직일 때마다 조금씩 빠졌어요. 그와 함께 비릿한 악취가 흘러나왔죠. 썩은 해산물에서나 날 법한 냄새였어요. 녀석이 집게발을 휘두를 때마다 털과 악취 때문에 구역질이 났어요. 징그럽게 생긴 눈은 이따금씩 발작적으로 뒤룩거릴 때만 빼고는 성실하게 제게 향했어요. 눈에는 눈곱인지 말라붙은 진물인지 모를 누런 덩어리들이 붙어 있었어요. 눈이 자꾸 마주쳤어요.

저는 녀석이 공격해 오지 않으리라는 걸 알았어요. 4층이 무너진 게 녀석의 소행이었을지도 모른다고 의심했는데, 그 의심도 자연히 풀렸어요. 녀석은 물과 육지의 경계선을 맴돌 뿐, 이 집을 제 영역으로서 존중한다는 듯 그 이상 가까이 다가오지 않았어요. 다만 탐지 침에는 관심을 보였어요. 녀석은 거대하고 뭉툭한 집게로 탐지 침을 뽑으려고 애쓰고 있었어요. 약점이 P파인 걸까요? 탐지 침이 부적처럼 자리를 잡고 있는 덕분에 녀석이 더 가까이 다가오지 못하는 걸까요? 저는 조심스럽게 탐지 침 앞으로 갔어요. 녀석이 돌변하면 곧바로 도망칠 수 있게 눈을 떼지 않고, 무게중심도 뒤로 두면서요. 다행히 녀석은 탐지 침의 전원을 끈 뒤에도 똑같이 조심스럽고 거대한 게 었어요. 헬멧 위로 물방울이 뚝뚝 떨어졌어요. 게 껍데기에서 미지근하고 역한 냄새가 났어요. 친구가 되어야 했다면 그건 생리적으로 힘든 일이었을 거에요. 하지만 그보다 확실한 건, 우리가 적이 되지는 않으리라는 거였어요.

밤을 꼬박 새웠어요. 대학원에서 밥 먹듯이 하던 일이었으니 힘들지는 않았어요. 수평선 너머에서부터 하늘이 붉게 물들기 시작했어요. 게들이 철수할 시간이었어요. 카메라 기록에 따르면 여태껏 녀석도 작은 게들처럼 해가 뜨면 물러갔죠. 이번에도 마찬가지였어요. 거대한 게는 천천히 몸체를 돌려 물속으로 미끄러져 들어갔어요. 이제 보니 녀석은 집이 없었어요. 밀웜처럼 두툼하고 털이 드문드문 난 몸 뒤쪽이 그대로 드러나 있었어요. 저는 재빨리 낚싯대를 휘둘러 녀석의 등에 바늘을 박아 넣었어요. 나쁜 의도는 아니었다는 뜻으로 녀석을 물끄러미 쳐다봤는데, 녀석은 바늘이 느껴지지도 않는지 아무 반응도 없었죠. 어쩌면 이미 몸이 반쯤 죽어 있었는지도 몰라요. 이 정도 수심에는 큰 물고기가 없을 테니 녀석이 한 번도 배부르게 먹어 본 적이 없다고 해도 놀랄 일은 아니었죠.

저는 배를 타고 녀석을 쫓았어요. 녀석은 움직임이 둔해서 낚싯바늘을 박아 넣을 것도 없이 물결만 보고도 따라갈 수 있을 정도였어요. 1시간 정도 지나자 가 본 적 없는 숲의 뒤편이 나왔어요. 집에서 역 반대편을 보면 있는 숲 있잖아요. 어머니께서 저긴 위험하다고 절대 가지 말라고 하셨던 거기요. 그 숲의 뒤편 같았어요. 녀석은 뭍으로 올라가더니 숲속으로 이동했어요. 저도 서둘러 배를 대고 녀석을 따랐죠. 물에 잠겼다가 말았다가 하는지 땅이 온통 진흙인 곳이었어요. 군데군데 웅덩이가 있었고, 맹그로브들이 자라고 있었죠. 맹그로브 줄기에는 따개비들이 붙어 있었어요. 어쩌면 항상 물에 잠겨 있다가 보름에 한 번만 모습을 드러내는 곳인지도 모르겠어요. 숲속에서는 하늘이 보이지 않았어요. 맹그로브 너머의 어둠이 마치 물처럼 넘실거린다 싶었는데, 정말로 물고기 한 마리가 빽빽한 덩굴 사이로 튀어나와 툭 떨어졌어요. 거대한 게가 가는 길을 수많은 작은 게가 뒤따르고 있었어요. 수생동물인 주제에 뭍에서 더 빠른 게 어이가 없었죠. 저는 놓치지 않기 위해 100미터 달리기를 할 때처럼 질퍽한 내리막을 내달려야 했어요. 만약 녀석의 집이 더 깊숙한 곳에 있었더라면 저는 오랜 운동 부족 때문에 허무하게 추격에 실패하고 말았을 거예요.

 녀석은 한 동굴에서 살고 있었어요. 녀석은 동굴 앞에 서서 한 번 부르르 떨더니 몸을 돌려 꼬리부터 동굴 안으로 밀어 넣었어요. 보기 좋은 광경은 아니었죠. 몸에 잘 맞지 않는지 녀석은 몸을 앞뒤로 움직이고 비벼 댔어요. 하지만 동굴 중간쯤에 박힌, 길고 꼿꼿한 철근 기둥들 때문에 몸을 끝까지 집어넣는 건 불가능해 보였어요. 녀석이 몸을 끼워 넣으려고 애를 쓸 때마다 외골격과 철근 기둥이 마찰하면서 소름 끼치는 소리를 냈어요. 끝까지 제대로 들어가지도 못한 채로, 녀석은 힘이 모자란지 포기하고 주저앉았어요. 그러자 작은 게들이 녀석에게 다닥다닥 달라붙었죠. 뭘 하고 있는지 보려고 가까이 다가갔어요. 그리고 놀라운 걸 봤죠. 작은 게들이 거대한 게의 외골격에 집게를 쑤셔 넣으려고 애쓰고 있었어요. 녀석은 고통스러운지 중간중간 몸을 비틀어 작은 게들을 떨쳐 냈어요. 하지만 소용없었어요. 떨어진 녀석들은 곧 다시 달라붙었으니까요. 녀석은 도망치고 싶은 것 같았지만, 녀석이 아무리 움직여도 동굴은 요지부동이었어요. 병든 몸만 애꿎이 더 긁힐 뿐이었죠. 녀석에게 성대가 있었더라면 비명이라도 지를 기세였어요. 하지만 게에게는 발성기관이 없어요.

숲에서 빠져나왔을 때는 해가 지평선 위로 떠오르고 있었어요. 저는 집으로 돌아왔고, 지금 이 글을 쓰고 있어요. 제가 보기에 사태는 이래요. 거대한 게는 우리 집을 자기 집으로 삼고 싶은 거예요. 들어갈 만한 크기로 보이는 데다가 동굴보다는 커서 몸을 집어넣을 수 있을 것만 같으니까요. 그건 작은 게들에 의해 추동된 것일 수도 거대한 게 자신의 의지일 수도 있어요. 작은 게들은 녀석을 동굴에서 쫓아내고 싶어 하는 것처럼 보였어요. 녀석만 없으면 수백 수천 마리의 작은 게들이 거기 살 수 있을 테니 그런 걸까요.

물론 실은 전혀 다른 이유 때문일 수도 있어요. 그 이야기를 하려면 숲속에서 일어난 또 한 가지 이상한 일에 관해 써야겠네요. 거대한 게의 집이 어디인지 저장해 두려고 지도 애플리케이션을 켰을 때였어요. 이상하게 현재 위치가 '우리 집'으로 표시됐어요. 몇 번이나 애플리케이션을 다시 작동시켜 봐도 그대로였죠. 숲속이라서 전파가 잘 안 터지나 싶었는데, 인터넷

접속은 멀쩡하게 잘 됐어요. 그게 의미하는 바는 아무리 생각해 봐도 하나밖에 없었어요. 제 방은 근거리 무선통신으로 전등을 켜고 끌 수 있어요. 저는 숲속에서 전등이 켜지도록 조작했고, 집에 돌아와 보니 끄고 나갔던 전등이 켜져 있었어요. 그 동굴이 우리 집 아래에 있다는 뜻이었어요. 나는 멀리 한 바퀴를 돌아 지하로 가는 비밀 통로를 찾아낸 거였죠. 동굴 속 철근 기둥들은 우리 집을 떠받치고 있는 것들이었어요. 제가 집에서 종종 멀미를 했던 이유를 이제야 알게 되었네요. 거대한 게가 움직일 때마다 철근이 흔들려서 그런 거였어요.

할머니, 어머니 두 분 다 거대한 게는 본 적 없으시죠? 탐지침은 아버지 친구가 설치한 것이고, 집은 그보다도 먼저 지어진 것인데, 거대한 게는 왜 이제야 모습을 드러낸 걸까요? 만약 시기에 의미가 있다면 제가 상상해 볼 수 있는 건 둘 중 하나예요. 하나, 그 동굴이 곧 무너져 버릴 것이다. 녀석에게는 지성이 있는 것 같았어요. 탐지 침을 뽑으려는 듯 움직이던 집게발은 사실 경고가 아니었을까요? 동굴이 무너지면 집도 무사하지 못할 테니까요. 생각해 보면 운석이 떨어진 것도 아닌데 왜 갑자기 옥상이 내려앉은 걸까요? 밟아 주지 않아서라면 4층 천장에는 진작부터 금이 가고 있어야 했을 텐데요. 둘, 거대한 게는 계속 크기가 자라는 변종인데, 이제는 더 이상 동굴에서 살 수 없을 만큼 커져 버렸다. 이 경우라면 녀석의 배려심에 우리는 좀 감사해야 해요. 숲속에서 본 바, 녀석은 참을 만큼 참은 것 같았거든요. 그런데도 녀석은 철근도, 아마 동굴 천장에 붙어 있을 가스관과 전기선도 공격하지 않았잖아요. 녀석이 저를 찾아온 건…… 마지막 발버둥이었는지도요.

그래요. 저는 지금 좀 바보 같은 생각을 하고 있어요. 보름 뒤에 녀석에게 집을 내어 줘 볼까 해요. 녀석이 뭘 원하는지, 의도가 무엇인지 저는 멀리서 관찰하려고요. 만약 녀석이 집을 차지해 버린다면…… 어쩔 수 없는 일이라고 생각할래요. 애초에 저 혼자 살기에는 너무 큰 집이었어요. 상속 받은 적이 없으니 사실 제집도 아니죠. 몰래 죽은 사람이 셋이나 묻혀 있는 땅. 생각해 보면 여기는 이미 묘지잖아요. 녀석은 아프고, 긴 안식이 필요해 보여요. 알아요. 별로 논리적인 생각은 아니죠. 위의 추측들이 별로 만족스럽지 않다는 것도 알아요. 거대한 게가 왜 보름에 한 번씩만 나타나는지는 전혀 설명해 주지 못하잖아요. 하필 보름 주기이니 조수 간만의 차와 연관이 있을 것 같기는 한데, 고작 이 정도 물에서도 조수 간만의 차가 발생할까요? 녀석에게 물어볼 수 있으면 좋겠지만, 안타깝게도 게에게는 발성기관이 없네요. 설령 그들에게 언어가 있다고 한들 그걸 번역하는 일은 아주 오래 걸릴 거예요. 그 전에 거대한 게든 이 집이든 둘 중 하나는 무너져 버리겠죠. 그러니까…… 이제는 정말로 떠날 때가 된 게 아닐까요?

사실 저도 제가 왜 이런 생각을 하는지 잘 모르겠어요. 이건 다만 그냥…… 그 게가 지금까지 제가 본 것 중에 가장 현실적으로 느껴져서 그래요. 아시다시피 저는 별로 친절하지도 책임감이 강하지도 않잖아요. 그 거대한 게가 늦게나마 돌아온 할머니 이웃의 먼 후손일지도 모른다는 생각마저 드는 걸 보면 충격을 받아 머리가 어떻게 되기라도 한 게 아닌가 싶어요. 어느새 해가 중천이에요. 밤을 꼴딱 새웠네요. 저는 좀 자고 내일 다시 생각해 볼게요. 좋은 밤 되세요.

리버사이드 아파트
여름맞이 안전 유의 사항

"이것만은 지켜 주세요."

| 리버사이드
아파트
안전 대책 위원회 | http://리버사이드아파트.com
여름맞이 안전 유의 사항 | 공고번호:30-01-01
공고일자:2030.04.01
게시기한:2030.10.01 |

안녕하세요, 입주민 여러분. 안전 대책 위원장입니다.
올해 기상청 공식 발표에 따르면 4월 12일부터 하루 평균 기온이 35℃를 넘을 예정으로, 여름철 전기 요금 산정 기준에 따라 전기 요금이 부과됩니다. 이에 착오 없으시기를 바랍니다.
우리 안전 대책 위원회에서는 여름을 맞아 입주민 여러분의 쾌적하고 안전한 생활을 위한 유의 사항을 공고합니다. 리버사이드 아파트는 지난 5년 동안 서울시 주거환경부에서 시행하는 에너지 절약·실천 우수 단지 '환경의 친구' 사업에 2회 선정되는 쾌거를 누려 왔습니다. 리버사이드 아파트의 빛나는 이름을 지켜 나가기 위해 아래 유의 사항을 주의 깊게 읽으시고 관련 내용을 숙지·실천해 주시기를 바라는 바입니다.
입주민 여러분의 많은 협조와 양해 부탁드립니다. 감사합니다.

- 유 의 사 항 -

□ 에어컨에 온도 감지 똑딱이를 달아 주세요. 똑딱이는 관할 구청 및 행정 복지 센터 원스탑 서비스에서 무료로 발급받으실 수 있습니다. 현재 우리 단지의 똑딱이 보급률은 81%로 나타나는데, 이는 작년 기준 지역 최고 수준이었으나

현재는 5위입니다. 입주민 여러분들의 긴밀한 협조 부탁드립니다.

□ 에어컨 희망 온도를 24℃ 아래로 설정하지 마세요. 2028년도 이후에 생산된 모델은 24℃ 이하의 온도를 표기하기만 할 뿐, 실제로 실내 온도를 24℃ 이하로 내려 주지는 않습니다. 그러나 똑딱이는 실제 온도가 아닌 '표기'를 바탕으로 점수를 매깁니다.

□ 3070 국제 기후 협약에 따른 전기차 충전 규정을 지켜 주세요. 불시 검문이 있다는 소문입니다. 특히 전기차 과충전에 관한 규정이 신설되었으니 참조해 주세요.

□ 해외여행 짝홀제 시행에 따라 작년 해외여행 기록이 있는 사람은 해외 항공 이용이 제한됩니다. 적발 시 거주 구역 전체에 벌점이 있다고 하니, 비즈니스 출장의 경우에는 확인서를 반드시 구비하시어 항공기를 이용하시기 바랍니다.

□ 창문과 방충망을 점검하세요. 날벌레를 매개로 감염되는 말라리아와 페데레스 피부염, 치쿤구니야염이 유행하고 있습니다.

□ 일반적인 방충망은 날치에게 찢길 수 있습니다. 안전 대책 위원회에서 제공하는 특수 방충망을 설치하시기를 강력히 권합니다. 날치의 날개와 비늘에는 호흡기에 유해한 성분이 있음을 명심하십시오. 특수 방충망의 가격은 설치 서비스

를 포함하여 금오십사만원정입니다.

□ 단지 1~3층에 거주하는 분들께서는 밀물 시간대에 아이를 집에 혼자 두지 않도록 주의하시길 바랍니다. 미닫이창은 내부와 외부 사이에 압력 차이가 있어도 평소와 똑같이 쉽게 열립니다.

□ 밀물 시간대에 창밖으로 쓰레기를 무단으로 투기하지 마십시오. 쓰레기가 쓸려 나가지 않고 모두 바닥에 남습니다.

□ 사이렌은 딱 한 번만 울립니다. 사이렌이 울리면 곧바로 귀가하십시오. 자택과의 거리가 멀다면 금룡 상가 옥상에 마련된 대피소를 이용하실 수 있습니다.

□ 단지 내 낚시는 불법일 뿐만 아니라 위험합니다. 적발 시 500만 원 이하의 벌금형이 부과될 수 있으며 감전 위험도 있습니다.

□ 단지 내 금연을 지켜 주세요. 특히 장마 기간 및 밀물 때의 흡연으로 인한 민원이 많습니다. 우리 단지는 환경부 권고 사안에 따라 단지 내 전 구역 금연임을 명심해 주십시오. 특히 옥상에서 흡연 후 밀물에 담배꽁초를 무단 투기하시는 분들이 계신데 앞으로는 적발 시 고발 조치하겠습니다.

□ 금년 우기 중 호우 기간은 6월 10일부터 7월 30일까지, 그리고 8월 18일부터 9월 14일까지 총 두 차례로 예상됩니

다. 비축 식량 및 생활필수품을 단지 차원에서 공동 구매할 예정입니다. 공동 구매 참여 및 문의는 010-12XX-34XX로 부탁드립니다.

☐ 외출 불가 확인서는 안전 대책 위원회에서 발급받을 수 있습니다. 물론 입주민 여러분들께서도 아시다시피 외출 불가 확인서를 모든 기관에서 인정하는 것은 아니므로 이동이 잦은 입주민께서는 출퇴근용 셰어 하우스 단기 임대 TF(우기)에 가입해 주세요.

☐ 간혹 수상한 물건이 단지 내로 흘러 들어올 수 있습니다. 절대 경찰에 신고하지 마십시오.

☐ 밀물 시간대 및 호우 기간에는 아파트 지하 주차장이 폐쇄됩니다. 유의하시어 차량 이용이 필요한 입주민께서는 차량을 미리 인접한 공용 지하 주차장에 옮겨 두시기를 바랍니다. 절대 차량을 지상에 주차하시면 안 됩니다.

☐ 호우 기간 중 의료 비상사태가 발생할 경우 119에 신고하실 때 장마 침수 지역이라는 사실을 먼저 말씀하시면 신고와 동시에 출동 준비가 시작되어 빠른 서비스를 받으실 수 있습니다.

☐ 썰물 이후, 지면에 해파리가 다수 남아 있을 수 있습니다. 해파리는 사후에도 촉수에 독을 보유하고 있고, 종종 이를 발사하기도 하므로 해파리 발견 시 신고만 하시고 절대 직접

치우지 마십시오.

◆ 재개발 우선 택지 선정이 올해 시행될 예정이라고 합니다. 에너지 절약·실천 우수 단지 '환경의 친구' 사업에 선정될 경우 가산점이 있다고 하니 입주민 여러분의 적극적인 참여를 부탁드리는 바입니다. 계속 이러고 살 순 없지 않겠습니까? 제발 협조합시다.

◆◆ 자세한 사항이나 궁금한 점이 있으시면 안전 대책 위원회 홈페이지를 통해 문의하시기 바랍니다.

리버사이드 아파트 안전 대책 위원장

생물학적 동등성

▸▸

  여자의 팔뚝에 지난 일주일 동안 박혀 있던 카테터가 빠지는 데는 5초가 걸렸다. 카테터를 빼낸다는 주제가 시작된 이후로 정확히 15분 후였다. 간호사는 의학용 테이프를 떼어 내는 데 10초, 카테터를 절도 있게 뽑는 데 5초, 알코올 솜으로 환부를 두 번 닦아 내고 "2분 동안 대고 있으세요. 꾹 누르지는 마시고요."라고 말하는 데 30초를 썼다. 그리고 15초 동안 여덟 걸음을 걸어 다음 피험자에게 이동했다. 그는 아주 치열하게 훈련한 연주자 같았다. 병원이 아니라 독일 유학을 택했다면 지금쯤 현대 클래식 음악의 말석을 차지할 법도 했다.

물론 그런 사건은 일어난 적 없었고, 일어나지도 않을 것이다. 예술이 되기 위해선 앞서 예술이라고 인정받은 다른 예술의 승인이 필요하다. 그건 말하자면 "기존 예술"이라는 이름의 가문에 입양되는 일인데, 문제는 가족보다 상상력이 결핍된 관계는 없다는 점이다. 이는 간단한 코드 진행만으로도 증명할 수 있다. D-A-D(1-5-1), 긴장에서 해소로 이어지는 이 단순한 구조는 그 끔찍한 지루함 탓에 이제는 거의 사용되지 않는다. 적어도 D-E-A-D(1-2-5-1) 정도로는 바꾸어야 친숙하고 듣기 좋은 진행이 된다.

간호사가 작은 음악실만 한 병실을 한 바퀴 도는 동안 여자는 그런 생각을 하면서 지루한 템포를 견뎠다. 카테터를 잃은 여자의 팔뚝이 주먹을 쥐지도 않았는데 자기 멋대로 뻣뻣하게 긴장했다. 알코올 솜을 살짝 들어 보니 작은 구멍이 남아 있었다. 공기와 혈관을 잇는 직통 통로였다. 자세히 보면 피가 보일지도 모른다고 여자는 생각했다. 그러나 안에 고인 것은 그림자에 불과한 어둠뿐이었다. 피부 아래에 얽힌 핏줄은 피부 때문에 푸르딩딩하게만 보였다.

간호사는 정확히 45분 뒤 피험자들에게 퇴원해도 좋다고 안내했다. 메트로놈처럼 찰칵거리던 파일철이 고전주의 음악의

종지부처럼 착, 소리를 내며 깔끔하게 닫혔다. 지루한 연주에 앙코르 요청도 없이 와자지껄하게 움직이는 관객들만 남았다. 여자는 주변을 둘러보았다. 눈에 밟히는 건 1번과 6번 침대. 지난 일주일 동안 여자와 친하게 지낸 언니들의 침대였다. 하루에 한 번 약을 먹고, 아침저녁으로 피를 뽑고, 식후 2시간 동안 바른 자세를 유지해야 했던 일주일. 그들은 한 전염병 치료제 개발의 마지막 단계를 위해 모집되었으나, 그 과정에는 어떤 고통도 숭고함도 없었다. 오로지 시간의 템포를 높이기 위한 수다만 있을 뿐이었다. 여자는 언니들과 연애담부터 진로 고민과 가정사까지 별 얘기를 다 했다. 얼굴만 봐도 웃음이 나오는 사이가 됐다고 생각했는데, 언니들은 여자를 기다릴지 말지 고민하는 기색도 없이 쌩하니 병실을 나가 버렸다. 여자는 평범하기 짝이 없는 진행에 실망하지 않았다. 원래 타인과는 사소한 차이로 갈라서는 법이다.

퇴원은 수납처에 자가 점검 설문 조사지를 제출하는 것으로 마무리된다. 아프거나 불편한 곳은 없는지, 전에 없던 증상이 생기지는 않았는지, 쓴다고 뭐가 바뀌지는 않겠지만 제안하고 싶은 건 없는지. 보통은 전날 밤에 미리 쓰게 해 주는데, 세 번이나 입원해야 하는 큰 실험이라서 그런지 두 번째 입원인데도 깐깐하게 아침에 써야 했다. 여자가 수납처에 설문지를 제출하자 수납원은 몇 가지 정보를 컴퓨터에 입력하더니 2페이지짜리 안내문을 주었다. 안내문에는 2주 동안 지켜야 할 관리 사항들이 적혀 있었다. 당연히 음주, 흡연은 금지였고, 성관계나 피임약 복용, 탈모약 복용, 과도한 체중 변화도 금지였다. 재입원 3일 전부터는 육류와 유제품, 당분이 많이 들어간 음식도 가급적 지양하라고 했다.

— 2주 후에 다시 오시면 되고요. 그날 다시 신체검사 하니까 12시간 공복 지켜 주세요.

— 당분이 많다는 게 정확히 어느 정도죠?

— 몸조리 잘하세요.

수납원은 사무적인 어조로 말하고는 다음 피험자를 향해 고개를 홱 돌렸다. 걱정하는 투도 아니었고, 예의상 하기 마련인 감사 인사도 없었다. 여자는 괜찮았다. 아르바이트비를 사례금이라고 부르는 것만 봐도 그들이 피험자들을 어떤 시선으로 보는지는 뻔했다. 여자는 그들의 동료나 적법한 직원이 아니라 그저 일회용에 불과했다. 급하게 구한 반주자처럼, 자세에 따라 바뀌는 그림자처럼, 혹은 게임에 입장하기 위한 초록색 티켓처럼. 어쩔 수 없는 일이라고 여자는 되뇌었다.

여자는 공중전화를 찾아 승우에게 전화를 걸었다. 신호가 가는 동안 여자는 민들레 홀씨가 초록색 보도블록에 떨어질지 빨간색 보도블록에 떨어질지 지켜보았다. 민들레 홀씨는 두 보도블럭 사이에 떨어졌다. 여자는 입맛을 다셨다. 당첨도 꽝도 아니었다.

승우가 전화를 받자 목소리보다도 먼저 푸후, 하는 소리가 들려왔다. 또 흡연 구역으로 나온 모양이었다. 그는 시청에서 공익 근무를 했는데, 민원인들을 상대하는 업무를 하다 보니 편하게 통화하려면 자리를 빠져나와야만 했다. 승우가 기침을 했다. 그는 담배를 피우지 않았고, 피웠던 과거나 앞으로 피울 생각도 없었다. 사람이 잘못된 곳에 있는 일은 하나도 새롭지 않다. 그건 세상이 가족 같은 곳이라는 의미에 불과했다.

— 잘 있었어?

여자가 말했다.

— 나 퇴원했어.

여자가 말했다.

승우는 입을 다물고 있었다. 할 말이 없을 때 그는 아무 말이나 하기보다는 쉼표를 찍는 유형의 인간이었다. 여자는 그런 고요가 싫지 않았다. 건반을 누르고 소리가 날 때까지의 짧은 시차. 음악이 멈출 때, 그건 비非음악이 아니라 쉼표다. 여자는 덩굴처럼 얽히며 나아가는 화성적인 곡조를 떠올렸다.

— 고기 먹고 싶어.

여자가 말했다. 그러자 전화가 끊어졌다. 그건 동의를 뜻했다. 승우는 업무 시간마다 눈코 뜰 새 없이 바빴으므로 꼭 필요한 말이 아니면 하지 않는 습관이 생겼다. 여자는 혼자 메뉴를 정하는 일에 익숙해져 있었다. 민들레 홀씨들이 그림자처럼 여자 주변을 날아다녔다. 여자는 입을 벌리고 크게 호흡했다. 홀씨를 하나쯤 들이마셔 보고 싶었다. 민들레가 몸 안의 어둠 속에서도 피어날 수 있을지 궁금했다. 하지만 언젠가 병원에서 들은 바로는, 목구멍부터 항문까지 이어지는 소화기관은 몸속이 아니라 몸 밖이라고 했다. 여자에게 그건 모든 어둠이 사실은 그림자라는 이야기로 들렸다.

시커먼 불판이 달궈지고 승우가 고기를 구웠다. 여자는 승우의 얇은 손목을 보며 손을 꼼지락거렸다. 승우는 웬만해서는 현역 입대 판정이 나는 이 시대에 저체중으로 병역 판정 검사에서 4급을 받았다. 힘쓰는 일이 자기 몫인 것만 같다는 책임감을 여자는 자주 느꼈다. 언젠가 승우가 해 준 말에 따르면 건강을 되찾는 것도 공익 근무 요원의 임무 중 하나라고 했는데, 시청에서 일한 지난 1년 반 동안 승우의 체중은 5킬로그램이나 더 줄었다. 규칙적인 생활 습관 따위는 민원인을 상대하는 스트레스에 비할 바가 못 되는 것 같았다. 게다가 체중을 늘리려면 간식도 규칙적으로 먹어야 했는데 업무 중에 혼자 뭘 먹으면 민원을 넣는 사람들이 꼭 있다고 했다.

— 시간만 내어 주면 될 줄 알았는데 몸까지 내어 주는 기분이야.

불그스름한 오줌을 싸던 날, 승우가 울먹이며 그렇게 말했던 걸 여자는 기억했다.

승우는 근무할 때 입는 촌스러운 자주색 셔츠를 그대로 입고 왔다. 입은 건 승우였지만 괜히 눈치를 보는 건 여자였다. 무대에 오르던 습관 때문인지 여자는 사람들의 시선이 늘 자신을 향한다고 느꼈다. 그건 무대에서는 쓸 만한 능력이었지만 일상에서는 꽃잎에 돋은 이빨 같은 것에 불과했다. 여자는 얼굴에 화악 끼쳐 오는 불판의 열기를 참으며 무대 뒤에서 마지막 연습을 하듯 승우에게 소곤소곤 이야기했다. 언니들에게서 들은 블랙번이라는 이름의 해변에 관한 이야기였다.

— 석유가 나온대.

6번 언니의 설명에 따르면 블랙번에 정착한 사람들은 관 없이 해변에 묻히는데, 이제는 그 수가 쌓이다 보니 석유가 되었다고 했다. 6번 언니는 여자에게 블랙번 사진도 보여 주었다. 과연 블랙번은 언젠가 석유로 뒤덮였던 태안 앞바다처럼 시커멓고 끈적한 색이었다. 여자는 승우에게 휴대폰을 빌려 사진을 검색해 보여 주었다. 그러나 아름답고 시커먼 해변 사진을 보면서도 승우는 별 감흥이 없어 보였다.

― 블랙번이니까 원래 검겠지. 블랙이잖아.

승우가 퉁명스럽게 대꾸했다. 고기를 자르는 데에 온 힘을 쏟느라 자기 말투가 퉁명스러운 것도 모르는 모양이었다. 하지만 1번 언니에게 그 정도 반박은 이미 다 예상된 것이었다. 색상을 추출해 보면 해변은 점점 더 시커메지고 있다. 그거야말로 석유가 만들어지고 있다는 결정적인 증거라고 1번 언니는 힘주어 말했었다.

― 더 늦기 전에 가야 해.

그게 여자의 결론이었다. 그러나 승우는 영 탐탁지 않아 보였다.

― 그게 사실이면 혼자 벌면 되지 왜 알려 주는데? 사기 아니야?

― 지루하니까. 원래 입원하면 별 얘기 다 하게 되어 있어.

반대로 생각해 봐. 이걸로 사기 쳐서 언니들이 이득 볼 게 뭐가 있어? 땅이 있는데 돈 벌려고 입원을 하겠어?

승우는 말문이 막힌 듯 잠시 우물거리다가 이번에는 이렇게 말했다.

— 사람들이 블랙번에 가는 건 사진이 예쁘게 찍혀서 그러는 거 아니었어? 석유 때문에 사람이 몰린다는 얘기는 들어 본 적 없는데.

— 그게 핵심이야.

여자가 검지를 치켜세운 그때, 승우는 고기 한 점을 집어 앞뒤로 살피고는 여자의 공깃밥 위에 올려 주었다. 고기에서는 달콤한 탄내가 났다. 대파와 물엿, 마늘 냄새와 함께 사과와 배의 향도 섞여 있었다. 환자식을 일주일 동안 먹고 나면 마치 코와 혀를 뽑아내 세척하고 다시 집어넣기라도 한 것처럼 감각이 펼쳐졌다. 승우는 고기들을 불판 귀퉁이로 쓱쓱 밀어냈다. 여자는 말하는 것도 잊고 일단 고기를 씹었다. 돼지갈비는 맛있었고, 그만큼 몸에는 별로 좋지 않을 것 같았다. 2주나 남았으니까 둘째 주에만 식단을 잘 관리하면 될 거라고 여자는 속으로 되뇌었다.

고기를 세 점이나 연달아 먹은 뒤 여자는 쩝쩝거리며 입을 열었다.

— 40대 50대들은 사진에 별 관심 없잖아. 적어도 예쁜 사진 좀 찍어 보자고 인천 구석탱이까지 가지는 않겠지. 고도의 연막이야. 우리 2030끼리만 석유를 가지고 경쟁해 보자는 거지. 치사하게 돈으로 찍어 누르지 말고.

승우는 알 듯 말 듯하다는 표정을 지었다. "사기도박도 아니고 무작위로 모인 사람들이 그렇게 조직적으로 행동할 수가 있다고?" 하는 표정이었다. 하지만 석유라는 말은 시청에서 일하며 지극히 현실적인 면모가 한층 더 강해진 승우의 마음에도 불을 지피기는 하는 것 같았다. 승우의 표정은 심드렁했으나 눈동자만큼은 칡덩굴처럼 꿈틀대고 있었다.

흔히 시민은 민들레에 비유되곤 하지만 사실은 덩굴식물에 더 가깝다. 시민은 어지간해서는 죽지도 않고 겨울엔 로제트 상태로 버티는 민들레와는 본질적으로 다르다. 여자가 어릴 때까지만 해도 5월에나 처음 꽃을 피우고 9월까지 홀씨를 날리던 민들레는 이제 3월부터 10월까지 거의 1년 내내 피는 꽃이 되었다. 단순히 생명력이 질기다고만 하기에는 너무 적응을 잘하는 거 아닌가. 우리가 민초라는 말을 쓸 때, 그건 억척스럽게 버틴다는 뜻이지 세상 융성한다는 뜻은 아니다. 이 땅에서 그런 일은 일어난 적 없다. 아무 데서나 잘 자라는 민들레와 달리 덩굴 식물은 처음에 어느 언덕 어느 부목을 타고 오르느냐에 따라 운명이 완전히 달라진다. 운이 좋다면 재벌집 막내처럼 건물 외벽 하나를 통째로 덮을 수도 있겠지만, 대부분은 어쭙잖은 나무나 녹슨 철근 따위에 의지하다가 주저앉기 마련이다. 출근은 끔찍하지만 돈 없이 노는 건 더 끔찍해. 어차피 누워 있을 거라면 마음이라도 편히 갖고 싶은데 그게 잘 안 돼. 그러니까 아마도 석유로 편한 마음을 살 수도 있을 거라는 이야기. 국가에든 약물에든 더 이상 몸을 팔지 않아도 될 거라는 이야기. 꿈틀거리며 핏줄을 타고 내려오는 가족을 벗어던질 수도 있을 거라는 이야기.

블랙빈이 어디 해외에 있는 것도 아니고 고작 인천에 있으니 한번 확인만 해 보는 것쯤이야 크게 손해 볼 일도 아니지 않겠냐고 여자는 승우를 설득했다. 게다가 곧 공익 근무가 끝나니까 어차피 남아도는 게 시간이지 않느냐고.

— 이상한 내기 같은 거 하는 건 아니지?

승우가 마지막으로 물었다.

— 못 믿겠으면 통장도 네가 가지고 있을래?

여자는 가방을 열어 보였다. 승우는 끝까지 침묵을 지키다가 손사래를 쳤다. 어쨌든 침묵은 동의를 뜻했다.

예술을 전공한 사람이라면 한 번쯤 들어 봤을 만한 농담이 있다. 천국은 지루하고 우리가 좋아하는 사람들은 다 지옥에 있다. 지옥에는 김빠진 맥주밖에 없다고 하는데, 김빠진 맥주라도 있는 편이 아예 없는 것보다는 낫다. 무슨 말인가 하면 예술 전공자들은 홈페이지 대문에 대문짝만한 악마 캐릭터가 그려져 있다는 이유로 겁을 먹지 않는다는 뜻이다. 더구나 게임을 할 때 울려 퍼지는 음악이 「봄의 제전」처럼 익숙한 클래식이라면 더더욱 그렇다.

휴대폰을 자유롭게 사용하던 시절, 여자는 매일 악마 캐릭터가 그려진 웹사이트에 접속해 게임을 즐겼다. 게임의 이름은 '동등성'으로, 덩굴이 어떻게 뻗어 나갈지를 예측하기만 하면 되는 간단한 규칙을 가지고 있었다. 레버를 당기면 위에서 덩굴이 내려온다. 바닥에 닿기 전까지 덩굴은 4개의 갈림길을 만난다. 각각의 갈림길은 두 갈래 길이고 덩굴이 오른쪽을 택할지 왼쪽을 택할지는 완전히 동등한 2분의 1 확률이다. 플레이어는 16개의 칸 중에 덩굴이 어느 칸에 도착할 것인지를 맞혀야 한다. 최소 1칸, 최대 8칸까지 선택하고 돈을 건다. 선택하는

칸의 수가 적을수록 그에 맞춰 배당률이 높아진다.

'동등성'을 서비스하는 웹사이트에는 사다리 게임이나 홀짝, 스포츠 경기 결과 예측 같은 다른 게임들도 있었다. 그러나 여자는 오로지 '동등성'만 플레이했다. 그게 가장 단순하고 한 판 한 판이 길었기 때문이다. 레버를 당기고 덩굴이 화면 끝에 도착할 때까지는 아무 생각도 들지 않았다. 마치 덩굴이 시간을 먹고 자라는 것 같았다. 여자는 돈을 따기도 하고 잃기도 했다. 얼마나 따고 얼마나 잃었는지는 잘 기억나지 않았다. 여자에게 중요한 건 돈을 따거나 잃는 게 아니라 게임을 하다가 고개를 들어 보면 해가 지고 있다는 사실이었다. 음악을 포기한 뒤로 여자는 시간이 어떻게 흐르는 거였는지 도무지 기억해 낼 수가 없었다. 인생이 악보라면 여자의 것에는 몇 페이지째 '쉼'이라고만 적혀 있었을 것이다. '동등성'마저 없었더라면 여자의 일상은 템포 없는 그림자 속에 파묻혀 버렸을지도 몰랐다. 그런데 어느 날 웹사이트에 접속해 '동등성'을 실행했더니 게임을 플레이할 수 없다는 붉은 메시지가 떴다.

― 10만 원만 빌려줄 수 있어?

여자는 별 대수롭지 않게 승우에게 물었다. 승우는 뭘 감지했는지 여자를 집요하게 추궁했다. 결국 여자가 '동등성'에 푹 빠져 있다는 사실을 알게 되자 그는 온몸을 벌벌 떨었다. 승우는 '동등성'을 도박이라고 불렀다.

— 아니야. 나는 시간을 죽이고 있었던 것뿐이야.

여자는 항변했다. 긴 쉼표.

— 명상 같은 거라고.

또 긴 쉼표.

— 명상하는 사람은 자기 팔을 커터칼로 긋기도 하고, 목을 매기도 하고, 연탄을 피우기도 해. 이 정도면 아주 건전한 명상이잖아.

한숨. 긴 쉼표. 또 한숨. 그리고 마침내.

— 병원에 가자.

그 뒤로는 몇 번의 도돌이표와 코다가 있었다. 쓸데없는 조언과 약물 처방, 승우가 아니라 어머니에게 손을 벌리는 여자, 거의 여자가 일방적으로 애원할 뿐인 말다툼, 병원에 가지 않으면 헤어지겠다는 협박. 반복되는 진부한 시간 속에서 음악은 흐르는 것 같지만 사실은 한 걸음도 앞으로 나아가지 못하고 있었다.

긴 싸움은 승우가 생동성 실험 아르바이트를 찾아내는 것으로 막을 내렸다. 여자가 그 말을 보고 처음 떠올린 건 생동감이었으나, 알고 보니 생동성은 생물학적 동등성의 줄임말이었다. 생동성 실험은 만료된 약의 복제 약을 만들 때 반드시 시행해야 하는 실험으로, 복제 약이 원본 약과 목표하는 효과뿐만 아니라 다른 부분에서도 정말로 원본과 똑같은지 검사하는 거라고 했다. 제약 개발의 마지막 단계에 있는 절차라서 안전성이 검증된 시중 약물을 먹는 것과 다를 바 없기에 문제가 생길 확률이 거의 없다고도 했다.

— 아무것도 안 하고 있는 게 힘들다며. 아무것도 안 하면서 돈이라도 벌면 좀 괜찮지 않을까. 나름대로 건강식도 챙겨 주니 몸에도 좋을 거고.

악보만 보고 음악을 완전히 파악하는 것이 불가능하듯 설명만으로 일의 정체를 깨칠 수는 없었다. 여자는 인터넷에서 후기를 몇 개 찾아내긴 했으나 모두 대행업체에서 올린 것인데다 하나같이 '안전'과 '몸 편한'이라는 키워드를 강조하고 있어 좀 께름칙했다. 그러나 그 무렵 여자의 어머니는 여자가 대학에 갈 때까지 쓴 가계부를 보여 주며 이제는 혼자 사는 법을 배워야 한다고 선언했고, 사실 그게 아니었더라도 집 사정이 마냥 넉넉하지 않다는 건 여자도 알았다. 승우와 동거하게 된 이래로 생활비가 다소 절약되기는 했어도 그건 생활이 가능한 정도에 불과했지 미래를 도모할 수준까지는 아니었다. 승우는 아직 여자와 결혼하고 싶어 했다. 여자도 아마 별일 없이 살면 언젠가 그렇게 되지 않을까 싶었다. 승우가 현실적인 사람이었기에 여자는 승우를 믿었다. 고작 그까짓 이유로 사람을 믿냐고 말할 수도 있겠지만, 영감을 잃은 음악가가 오선지에 의지하듯 삶의 감각을 잊은 사람은 그런 이유라도 찾아서 남을 믿고 싶어지는 법이다.

여자는 나빠 봤자 연주 직전의 침묵보다 나쁘겠냐는 마음으로 병원에 갔다. 이름을 들어 본 적 있는 병원이어서 그나마 안심이었다. 건강검진을 받을 때처럼 몇 가지 검사가 차례로 이루어졌다. 아르바이트에 지원할 때 이미 20분이나 걸리는 설문지를 채워 제출했음에도 사람 말을 곧이곧대로 다 믿지는 않는 모양이었다. 신분증을 제출한 뒤 BMI를 측정하고 간호사가 누런 고무 밴드로 팔뚝을 묶는 동안 여자는 '동등성' 게임에서 덩굴이 뻗어 나가는 걸 볼 때처럼 몽롱한 상태에 빠져들었다. 메트로놈처럼 날카로운 의식은 점점 옅어지고 멍하니 템포에 몸을 맡기고 있으면 운명은 알아서 결정될 것이었다.

그렇게 여자는 20년 동안 배운 기술보다 육체를 내주는 게 더 효율적이라는 걸 깨달았다. 생각해 보면 그럴 만도 한 게 인체는 4억 5천만 년 동안 지구에서 생명이 진화해 온 결과물이니까, 고작 20년 깨작거린 기술보다 훨씬 대단한 게 당연했다. 인류 과학기술의 첨단이라는 원자력보다도 정체불명의 석유가 훨씬 광범위하고 효과적으로 활용되는 것처럼.

여자는 혼자 고기를 3인분이나 해치우고 집으로 돌아왔다. 언제부터인가 승우는 여자가 돌아오는 날에도 집을 치우지 않았다. 여자가 입원해 있는 동안 승우는 그저 집과 시청을 오갈 뿐 집에서는 씨앗처럼 웅크리고 있는지도 몰랐다. 배달 음식 용기와 널브러진 옷으로 지저분한 바닥의 빈 공간만 밟으며 그들은 침대로 갔다. 승우는 벽을 보고 누웠다. 여자가 뒤에서 안아도 돌아보지 않았다. 여자는 잠깐 더 승우를 껴안고 있다가 포기하고 일어섰다. 승우가 고개만 돌려 여자를 봤다.

— 연습실 가는 거야.

여자는 말했다. 승우가 왼손을 뻗었다.

— 폰 주고 가.

— 예약해야 하는데.

여자가 휴대폰을 손에 꼭 쥐고 중얼거리자 승우가 한숨을 쉬었다.

― 약속했잖아.

집 근처에 24시간 문을 여는 연습실이 있는 건 그들이 이 집을 구할 당시까지만 해도 여자가 음악을 붙들고 있었기 때문이었다. 승우가 대신 예약해 준 연습실로 가는 길에는 유난히 덩굴이 많았다. 이 길을 지나지 않은 한 주 만에 덩굴은 괄목할 만큼 자라난 것 같았다. 덩굴에 덮여 꽃은 한 떨기도 보이지 않았다. 한때 여자는 연습실까지 끊기지 않고 이어진 덩굴을 보며 끝없이 뻗어 나가는 오선지의 운명을 느끼곤 했다.

연습실은 1평짜리 방으로 회색 러그 위에 작은 탁자와 피아노 한 대만 놓인 곳이었다. 여자는 피아노 앞에 앉아 심호흡해 보았다. 이제 와서 특별히 치고 싶은 곡이 있거나 연습할 곡이 있는 건 아니었다. 여자는 손 가는 대로 피아노를 두드렸다. 피아노 건반 뒤에 숨어 있는 망치와 빳빳하게 당겨진 선. 화성의 수직적인 가족 관계를 깨뜨리기. 뭉치기. 밀집하기. 하지만 음렬이 뭉개지지는 않도록 섬세하게. 삶은 집요하고 그림자는 필연적이다. 확률이 2분의 1인데도 열 번 넘게 정답을 못 맞히는 것처럼.

오랫동안 연주를 쉰 손가락 관절이 삐걱거렸다. 소리가 마음에 들지 않았다. 여자의 손가락이 느려지다가 결국 멈췄다. 나

른하게, 죄책감 없이 멈춰 있고 싶었다. 흐르다가 가로막히고 싶지도, 흐르면서 침식하고 싶지도 않았다. 성숙도 후숙도 아니라 그저 푹 썩고 싶었다. 여자는 효율이라는 말이 지긋지긋했다. 어쩌면 적당히 흐르지 못하는 건 여자의 천성적인 문제인지도 몰랐다. 모든 음을 전력으로 연주하는 게 음악을 망치는 지름길이라는 걸 본능적으로 아는 사람들이 있다. 유학이나 교향악단 연주자 자리는 그런 이들을 위해 준비되어 있었다. 불필요한 생각만 많은 그녀가 아니라.

음대 졸업생이 언제 죽었는지 아시는지? 콩쿠르 입상에 실패하거나 교향악단에 불합격했을 때? 아니, 그 정도는 일상이었다. 코로나 바이러스로 모든 콘서트와 결혼식이 무기한 연기되었을 때? 아니, 힘들긴 했지만 아직 과외 시장은 남아 있었다. AI 때문에 일자리가 대폭 줄었을 때? 아니, 의외로 성인 취미반은 성황이었다. 입시는 어차피 AI로 치를 수도 없다. 음대 졸업생이 죽은 건 음악을 배우려는 애들보다 그렇고 그런 음대 졸업생의 수가 더 많아졌을 때였다.

여자는 시대의 피해자라는 말은 쓰고 싶지 않았다. 자기만 힘든 게 아니라는 건 인터넷 게시판 몇 군데만 둘러봐도 쉽게 알 수 있었으니까. 다만 힘이 좀 빠졌다. "유튜브라도 해 봐."가

"세상에 피아노 유튜버가 이렇게 많았어?"로 바뀌는 걸 듣는 것도 지쳤다. 그냥 아무 생각도 하고 싶지 않았다.

여자는 연습실 예약 시간을 다 채우지 못하고 집으로 돌아왔다. 승우가 눈을 뜨고 자고 있었기에 눈꺼풀을 덮어 주었다. 자기 휴대폰을 찾아 슬쩍 전원을 켜 보았다. 모르는 비밀번호가 걸려 있었다.

병원에 있는 동안 가장 아쉬웠던 건 씻는 일이었다. 화장실에 마련된 간이 샤워 부스는 좁을 뿐만 아니라 배수구에 머리카락도 잔뜩 끼어 있었다. 2박 3일쯤 입원할 때면 여자는 씻지 않고 버티는 편을 택하곤 했다. 여자는 무언가 뿌리를 내리듯 콧속을 찌르는 감각에 눈을 떴다. 머리카락이 얼굴을 반쯤 덮고 있었다. 냄새를 맡아 보니 소독약과 땀내, 고기 연기가 뒤섞인 역한 냄새가 배어 있었다. 승우는 잠결에 숨구멍이라도 찾으려던 건지 바닥에 널브러져 있었다. 여자는 조용히 수건과 목욕 도구를 챙겨 밖으로 나갔다. 많은 목욕탕이 팬데믹을 버티지 못하고 문을 닫았지만, 다행히 집 근처에 사우나만 폐쇄하고 살아남은 곳이 딱 한 군데 있었다.

머리를 세 번쯤 감으니 냄새가 좀 빠진 것 같았다. 여자는 샤워 헤드에서 떨어지는 물을 맞으며 주변을 살폈다. 사람이 많지 않았다. 4개의 탕은 각각 한 사람에게 점령당한 채였고, 그들은 각자 명상하듯 가만히 앉아 있었다. 탕들은 자연주의 콘셉트인지 덩굴로 뒤덮여 있었다. 덩굴이 스멀스멀 피어오르는 수증기에 매달려 탕 위로 솟아오르고 있었다. 일주일 동안 매운 병원 공기만 맡아서 그런지 덩굴이 뿜어내는 강렬한 산소에 숨이 막혔다. 대기 중 산소 비율은 21퍼센트인데 그보다 산소 비율이 높은 공기에는 순식간에 불이 붙을 수 있다는 이야기를 여자는 6번 언니에게 들었다. 불은 검은색을 입히기 위한 색소라는 1번 언니의 말이 난데없이 떠올랐고, 여자는 한시라도 빨리 탕에 들어가고 싶어졌다.

여자는 피부에 좋은 침 성분을 넣었다는 이벤트 탕에 들어가기로 하고 발걸음을 옮겼다. 그때 그 안에 엎드려 있던 사람이 자세를 바꾸었다. 얼굴이 보였다. 불에 탄 것처럼 새까만 얼굴이 마치 병원에서 아침으로 주는 죽처럼 좌르르 흘러내리고 있었다. 그 사람은 손에 물을 받아 얼굴을 씻었다. 흐물대는 살점이 씻겨 나가 탕에 뚝뚝 떨어졌다. 검은 살덩어리들은 덩어리째 탕 속으로 가라앉았다.

여자는 자기도 모르게 뒷걸음질쳤다. 시간이 팽팽 달리기 시작했다. 안개 그림자 속에서 탕 속의 사람은 역류하는 변기 물처럼 보였다. 6번 언니에게 들은 경고가 생각났다. 검게 흐르는 얼굴은 블랙번에 방문한 사람이 일정 확률로 겪는다는 문제였다. 생동성 아르바이트를 계속할 생각이라면 석유는 꿈도 꾸지 말라고 6번 언니는 말했었다. 여자는 목욕탕에서 도망쳐 나왔다. 그때는 이미 목욕비 만 원이 아깝다는 생각은 전혀 들지 않았다. 심장 속 메트로놈이 빠르게 똑딱거렸고, 그럴 때마다 바늘에 찔린 심장이 불에 덴 듯 화끈거렸다. 생동성 실험 아르바이트를 시작하기 전 대행업체 설명회에서 귀에 싹이 나도록 들은 말이 돌림노래처럼 머릿속을 맴돌았다.

끝까지 제대로 완주하지 못하면 사례비를 아예 지급하지 않습니다. 사례비는 월급이 아닙니다. 중간에 이탈한 피험자의 데이터는 아예 활용할 수 없어서 일한 만큼이라는 말은 의미가 없습니다. 군인들이 최저 시급보다 못한 월급을 받는 것이 불법이 아니듯 생동성 실험의 피험자 역시 노동자가 아니기에 노동법 적용 범위에는 들지 않습니다.

목욕탕 카운터에는 접수원이 하품을 하며 드라마를 보고 있었다. 여자는 로커 키로 카운터를 똑똑 두드렸다. 접수원이 고개를 들었다.

— 혹시 카드 결제를 취소하고 현금으로 다시 낼 수 있을까요?

접수원은 별 해괴한 소리를 다 듣는다는 표정이었다. 여자는 사연을 설명하려다가 말고 그냥 현금 2만 원을 내밀었다.

— 카드 주세요.

접수원은 뚱한 표정으로 돈을 받은 뒤, 카드를 포스기에 꽂아 넣고 몇 번 조작을 가했다. 곧 여자는 접수원에게 결제 취소 영수증을 받을 수 있었다. 여자는 고개를 숙여 보인 다음 서둘러 목욕탕에서 도망쳤다. 조금이라도 희미한 인상을 남기고 싶었다.

한편 여자가 집에서 숨을 고르는 동안 승우에게는 다음과 같은 일이 있었다.

병무청에서 연락이 왔다. 승우의 기록을 검토해 보니 병역기피를 목적으로 한 급격한 다이어트가 의심되어 한 번 출두해 주셔야겠다는 것이었다. 승우는 당황스러웠으나 가지 않을 수는 없었다. 3월 초였는데 벌써 봄이 완연했다. 몇 년 전부터 연평균 기온이 높아지면서 도시는 식물들로 뒤덮여 가고 있었다. 그걸 볼 때마다 숨이 막히는 게 단지 자신뿐인지 승우는 궁금했다. 무시무시하게 자라나는 식물들이 여자가 하던 사행성 게임을 떠올리게 하기 때문일 거라고 승우는 애써 마음을 다잡았다.

경찰서에 도착한 승우는 미간에 꽃송이 같은 주름을 잡고 있는 한 수사관 앞으로 안내되었다. 그는 말끝마다 책상을 텅텅 두드려 대는 낡은 인간이었다. 승우는 그런 일은 영화「살인의 추억」에서나 봤지 자기가 직접 겪을 줄은 상상도 못 했다고 했다.

— 체중이 갑작스럽게 줄었더군요. 무슨 약이라도 드셨습니까?

승우는 부정했으나 수사관은 조사하면 다 나온다면서 미간에 꽃을 피웠다. 조금만 더 찡그리면 꽃가루가 뭉쳐서 발사될 것만 같았다. 그는 서류철을 몇 번 뒤적이더니 또 이런 말을 했다.

— 건강검진 재검 시에 소변에서 케톤 성분이 과다 검출된 흔적이 있습니다. 급격한 다이어트의 흔한 증상이죠. 그런데도 발뺌하실 겁니까?

승우는 다이어트 같은 건 살면서 해 본 적도 없으며 오히려 체중을 늘리려고 노력했으면 했지, 그 반대는 꿈도 꿔 본 적 없다고 얇은 팔목을 흔들며 항변했다. 그러나 뭔지는 몰라도 구체적인 증거를 가지고 있다는 수사관과 증명할 수 없는 의도만을 가지고 말하는 승우 사이에는 동등한 싸움이 되지 않았다.

— 휴대폰 제출하고 가십쇼. 디지털 포렌식 해 보면 다 나옵니다.

승우는 자기가 왜 그래야 하냐고 반발했지만, 수사관은 이렇게 말할 뿐이었다.

— 잘못한 게 없는데 왜 못 보여 줍니까?

승우는 말을 마치고도 분이 삭지 않는지 여자의 휴대폰으로 이런저런 법률 상담을 한 결과를 보여 주었다. 변호사 답변에 따르면 영장 없는 디지털 포렌식은 불법이며 고작 그런 사유로는 영장이 청구될 리도 없으니 휴대폰을 제출할 필요는 없다고 했다. 하지만 그 답변은 이미 너무 늦은 뒤였다. 늘 그렇듯 또 시간이 문제였다.

— 그럼 어떻게 해? 블랙번은 어쩌고?

둘의 시간이 합쳐지고, 서로의 소식을 들었을 때, 먼저 입을 연 것은 여자였다. 승우는 인상을 찌푸렸다. 일이 이 지경이 됐는데도 고작 블랙번 따위가 걱정이냐고 말하는 것 같았다. 승우는 일이 꼬이면 자기가 감옥에 가게 될 수도 있다고 말했다.

여자는 횡설수설 덧붙였다.

— 하지만 언제 석유를 다 빼앗길지 모르니까…….

— 정말 거기 석유가 있다고 믿어? 있다고 쳐도 시체에서 나온 석유로 돈을 벌고 싶어?

승우의 얼굴이 무자비하게 쌓인 종결 화음처럼 일그러졌다. 지난 시간 동안 흘러간 싸움이 한데 응축된 모양새. 여자는 눈을 질끈 감았다.

— 내가 약 먹어서 돈 버는 거랑 석유로 돈 버는 게 뭐가 그렇게 다른데?

여자가 말했다. 하지만 그때 이미 승우는 특유의 침묵에 빠져든 후였다. 하룻밤을 통째로 차지하는 온쉼표였다.

승우의 휴대폰이 경찰서 어딘가를 떠도는 동안 여자의 삶은 느리게 흘렀다. 아무리 기다려도 해가 지지 않다가 정신을 차려 보면 새벽인 날이 며칠 동안 반복되었다. 여자는 원래 승우와 함께 있는 동안에는 볼륨을 최대로 해 놓는다는 조건으로 휴대폰을 쓸 수 있었다. 어쨌든 '동등성'만 안 하면 되는 거였으니까. 하지만 자기 휴대폰이 없어지자 승우는 여자의 휴대폰을 완전히 자기 것처럼 썼다. 그는 결백하므로 행정소송이든 헌법 소원이든 한번 해보겠다며 변호사들에게 온라인 소액 법률 상담을 받아 댔다. 승우의 열성과는 달리 일은 잘 풀리지 않았다. 그는 이게 강압 수사가 아니면 뭐가 강압 수사냐며 자꾸 변호사들에게 화를 내다가 계정을 정지당했다.

여자는 그런 승우가 불편해서 집을 나와 돌아다녔다. 여자는 한국에 이렇게나 시위가 많다는 것을 처음 알았다. 광화문 광장이 아니더라도 시위대는 어디에나 있었다. 지하철을 점거하고 장애인 인권 보장을 외쳤고, 유동 인구가 많은 사거리에서 대통령 퇴진을 외치기도 했다. 그중 여자의 눈길을 끈 것은 "블랙번에 자유를!"이라는 표어를 걸고 있는 한 시위대였다.

여자는 녹색 조끼를 입고 구호를 외치는 그들 사이에 끼어들었다. 명백히 50대 이상이 주류인 그들이 석유에 관해 알고 있을지 궁금했다. 그런데 그들은 엉뚱하게도 블랙번에 찾아온 천왕성인을 석방하라는 시위를 벌이고 있었다. 블랙번은 문명이 고도로 발전한 천왕성과 지구를 잇는 교두보이며 천왕성인을 극진히 맞이하는 것만이 인류가 대면한 모든 문제를 해결하는 방법이라고 그들은 목소리를 높였다. 녹색 조끼를 입은 사람들이 점점 늘어나고 있었다. 지하철역 앞의 아케이드가 녹색으로 점령되어 가면서 일반 시민은 거의 지나다닐 수 없을 정도였다. 여자는 『Murmur』라는 앨범의 커버 사진을 떠올렸다. 칡덩굴로 폐허가 된 조지아주의 철도. 더는 손쓸 수도 없이 칡에 점령되어 인간뿐만 아니라 다른 동식물도 포기해 버린 땅의 모습을 담은 흑백사진이었다.

한 노인이 여자에게 말을 건 것은 하필이면 여자가 자리를 떠나려던 시점이었다. 그는 어린 나이부터 우주적인 문제에 관심을 가진다며 여자를 기특해했다. 여자는 대꾸하지 않았지만, 노인은 칡덩굴처럼 꿋꿋하게 엉겨 붙었다.

— 인류는 직면한 문제를 스스로 해결할 능력이 없어. 왜냐! 그건 인류에게 이기심이 있기 때문이지. 자기만 챙길 줄만 알고 다른 이는 자원이라고밖에 생각하지 않기 때문이야.

여자는 노인의 우렁찬 목소리에 이목이 쏠릴까 봐 아무 대꾸도 하지 못하고 눈치만 살폈다. 조끼를 입지 않은 자신을 그들이 언제 적으로 인식할지 몰랐다. 목을 조르려고 들지도 몰랐다. 그러나 노인은 말을 멈추지 않았다.

— 천왕성의 여왕, 어머니 슈슈만이 그 문제를 해결할 수 있어. 왜냐! 그건 발전된 그들의 세계에는 몸은 없고 마음만 있기 때문이야. 시간도 없고 축적도 없기 때문이지.

시위대가 구호를 멈추고 행진에 돌입하려는 시점에도 노인은 말을 멈추지 않았다. 여자는 이제는 정말로 빠져나가야겠다고 생각했지만 어떻게 해야 할지 알 수가 없었다. 그녀와 노인 사이에 5만 원권 두 장이 들이밀어진 것은 바로 그때였다.

고작 10만 원이면 시간을 멈출 수 있다.

돈을 내민 것은 젊은 남자였다. 남자는 말씀 감사하다고, 큰 교훈이 되었다고 미소 지으며 엉겨 붙은 노인을 손쉽게 풀어냈다. 노인은 이제 여자 대신 10만 원에 단단히 엉겨 붙었다. 여자는 반쯤 어안이 벙벙한 상태로 남자를 따라 시위 행렬에서 빠져나왔다.

— 괜찮아요?

남자가 물었다. 다행히, 여자는 괜찮았다.

— 커피라도 한잔 사 드릴게요.

그건 말하자면 어색한 사이끼리 나누는 '언제 밥 한번 먹자.' 정도의 인사치레였는데, 남자는 그거 괜찮은 생각이군요, 하고 여자를 따라왔다. 그리고 눈치도 없이 여자가 톨 사이즈 아이스 아메리카노를 시키는데도 벤티 사이즈 스트로베리 디럭스 파르페를 시켰다. 체중과 혈당 수치 관리만 아니었다면 여자가 마셨을 음료였다. 음료가 나오기를 기다리는 동안 여자는 습관적으로 수다를 떨기 시작했다.

─ 시위 행진에는 참여 안 하시나 봐요?

남자는 아까의 능글거림은 그새 어디 팔아먹었는지 멋쩍게 휴대폰을 보다가 말을 받았다.

─ 네. 그게 중요한 게 아니니까요.

─ 행진이 메인 행사라고 하던데요?

─ 뭐 저분들은 그렇게 생각하시나 보죠. 석유가 나온다는데 그깟 천룡인인지 천왕성인인지가 대수겠습니까. 참, 제가 쓴 돈은 신경 쓰지 마세요. 석유로 벌 돈을 생각하면 10만 원은 푼돈이죠.

그렇게 말한 뒤 남자는 음료를 받아 갈 길 갔다. 여자에게는 남자의 콧잔등에 낀 기름과 블랙헤드가 오랫동안 뇌리에 아른거렸다. 우연히 만난 사람이 알 정도라면 그건 비밀도 아니었다. 여자는 뛰어서 집으로 돌아갔다. 집까지는 정확히 15분이 걸렸다.

승우는 여전히 휴대폰을 되찾지 못한 채였으나 여자의 등쌀에 못 이겨 함께 블랙번으로 향했다. 분위기라도 파악해 놓지 않으면 여자는 안심할 수 없을 것 같았다. 확률도 모르는 게임에 뛰어드는 건 도박조차 못 되는 바보짓이다. 적어도 '동등성'

은 딸 확률이라도 있다.

 둘 다 운전할 줄 몰랐기에 가까운 버스 정류장까지 대중교통을 이용한 다음 택시를 탔다. 여기에서 여자가 예상하지 못한 점이 있다면 블랙번으로 가는 길에 검문소가 하나 설치되어 있었다는 점이다. 검문소는 곧 역학조사를 의미했고, 역학조사 결과는 병원에 공유될 터였다. 여자는 생동성 실험을 앞두고 기초 검사를 받을 때 병원 측에서 역학조사 결과 제공에 동의하라는 서류를 내밀었던 걸 기억했다.

— 그러게 나중에 오자니까.

 승우는 여자의 휴대폰을 만지작거리면서 핀잔을 주었다. 여기까지 와서도 그는 미적지근하게 굴었다.

— 여기까지 와서 그냥 돌아가자는 게 말이나 돼?

 승우의 입술이 꽃봉오리처럼 다물어졌고, 여자는 택시 기사에게 다른 길은 없냐고 물었다. 다행히 택시 기사는 요새 그런 요구를 하는 사람이 많다며 길을 틀었다. 여자는 안도의 한숨을 내쉬었는데 다시 생각해 보니 그게 절대로 안심할 일이 아니라는 걸 깨달았다. 게임의 레버는 이미 당겨진 것이었다.

 택시 기사가 그들을 내려 준 곳은 멀리 블랙번이 내려다보이는 한 언덕이었다. 여자의 우려는 틀리지 않았다. 이미 수많은 사람이 모여들어 언덕은 인산인해였다. 블랙번에 있는 것보다 훨씬 더 많은 사람이 있는 것 같았다. 여자는 언덕 너머를 내려다보고 싶었으나 인파에 가려서 블랙번은 제대로 보이지도 않았다. 개중에 준비성이 뛰어난 사람들은 망원경이나 오페라 글라스 따위를 쓰고 블랙번을 관찰하고 있었다. 모두 20~30대로 보이는 젊은이들이었다.

여자는 승우의 손을 잡고 앞장섰다. 한 걸음 한 걸음 어떻게든 뚫고 앞으로 나아갔다. 이렇게 애를 써 본 것이 얼마 만인가 싶었다. 여자는 음렬주의 음악처럼 걸었다. 인파와 상호작용하지 않고, 흐름에 휩쓸리지 않게. 자기만의 선법으로. 30분 정도 인파를 헤치고 나서야 길이 좀 뚫렸다. 간신히 맨 앞에 이르자 시야가 탁 트였다. 검은 해변과 거기에 펼쳐진 광경이 모두 보였다. 검은 해변을 마치 덩굴처럼 점령한 사람들. 이미 손쓸 수 없게 되었다는 듯 경찰들은 한참 멀리서 뒷짐만 지고 있었다. 먼바다로부터 먹구름이 밀려오고 있었다. 공기에서 짠 내가 났다. 블랙번 사람들의 모습은 마냥 검지 않고 약간 녹색이 끼어 있어 식물 아래에 진 그림자 같기도 했다. 확실한 건 그게 아주 아름답다는 사실뿐이었다.

— 그래서 뭘 확인해야 하는 거야?

여자는 승우를 돌아보았다. 그는 해변과 휴대폰을 번갈아 쳐다보며 혀를 차 대고 있었다. 승우의 노골적인 물음 때문인지 몇몇 사람들이 그들을 힐끔거렸다. 여자는 몸을 기울여 승우에게 귓속말을 했다.

— 뭐라고?

승우가 인상을 찌푸리며 대꾸했다. 여자가 다시 말했다.

— 뭐라고?

승우는 여자가 시키는 대로 다시 한번 그렇게 말했다.

그때 무언가 날아와 여자의 얼굴을 툭 치고 지나갔다. 여자는 비명을 질렀다. 주변을 둘러보았지만, 무엇이 자기 얼굴을 때렸는지 알 수 없었다. 모두 딴청을 피우고 있었다.

승우의 사건은 무고로 끝났다. 그의 휴대폰은 일반 등기로 집에 배송되었다. 사과는 없었다. 다만 할 일을 했을 뿐이라는 태도였다. 승우가 그동안 잃어버린 마음의 평안이나 시간 따위에 대한 복원은 이루어지지 않았다. 그런 것들은 사건이 남기고 간 그림자 따위에 불과하다고 말하는 듯했다.

겉으로 보기에 승우의 휴대폰은 달라진 것 하나 없이 원래 모습 그대로 돌아왔다. 하지만 승우는 도통 그걸 건드리고 싶지 않아 했다. 휴대폰이 돌아왔는데도 그는 여전히 여자의 휴대폰만 썼다. 자기 휴대폰을 건드린 것은 딱 한 번, 여자의 휴대폰으로 카카오톡에 로그인하느라 계정 인증이 필요했을 때뿐이었다.

여자는 다시 입원해야 했기에 당장은 휴대폰을 다시 빼앗기는 것에 크게 신경 쓰지 않았다. 어차피 여자에게는 자주 연락을 주고받는 사람이 없었다. 여자는 도서관에서 석유 시추와 지질 자원 개발에 관한 전문 서적을 잔뜩 빌렸다. 승우가 여자를 병원에 데려다주었다. 그는 병원 앞까지만 여자를 배웅하고 떠났다.

여자가 뽑은 번호표는 P3006이었다. 그건 여섯 번째로 도착한 피험자라는 뜻이었다. 아직 사람이 몰리기 전 시간대여서 대기 시간이 길지 않았다. 간호사가 여자를 이끌고 다니며 이런저런 검사를 받게 했다. BMI 검사를 받았고, 피를 뽑았다. 검출 용지에 소변을 묻혀 제출했다. 부적합 판정은 뜨지 않았다. 블랙번에 다녀온 것도 들키지 않았다. 엄밀히 말해 그 해변에 발을 디딘 건 아니니 당연한 일이었지만, 그걸 판단하는 건 여자가 아니라 병원이었다. 몸조리 잘하라더니 그게 당연한 의무라는 듯 칭찬 한마디 없었다. 그래도 여자는 괜찮았다.

환자복이 지급되었고, 여자는 6번째 침대로 안내되었다. 여자는 환자복으로 갈아입은 다음 침대에 앉았다. 간호사는 첫 투약은 점심 식사 30분 후에 이루어질 거라고 말했다. 아마 카테터 역시 그때 꽂을 모양이었다.

언니들은 아직 한 명도 도착하지 않았다. 그럼 그렇지, 하고 여자는 생각했다. 이곳에서 맺는 관계는 병원을 빠져나가자마자 모두 리셋되곤 했다. 진전되지 않는 삶에 여자는 익숙했다. 다만 가벼운 어지럼증을 느낄 뿐이었다. 문득 일주일이 아주 긴 시간이라는 생각이 들어, 여자는 책을 펼쳐 들었다.

석유 개발의 역사는 석유 생성의 역사에 비하면 아주 짧다고 할 수 있다. 19세기 중엽 이전만 하더라도 석유는 크게 환영받지 못하는 존재였다. 당시에는 소금이 인류에게 가장 중요한 물품이었다. 소금은 육류나 기타 식료품을 저장하거나 가죽을 보존하고 부드럽게 만드는 데 필수 불가결한 것이었다. 1800년대 초까지만 해도 미국에서 제염업자들이 염수鹽水를 찾다가 석유를 발견하면 석유를 쓸데없는 방해물로 취급하였다. 염수와 함께 갈색의 기름이 분출되면 기름이 수면에 뜨는 원리를 이용하여 저수조 상부에 모아 두었다가 근처 강으로 흘려보냈다.

때로는 기름에 불이 붙어 오하이오강 유역에서는 수십 킬로에 걸쳐 강이 불꽃으로 덮이는 일도 있었다.

  무언가 책장 위에 툭 떨어졌다. 녹색 빛이 그림자처럼 진 검은 덩어리. 덩어리는 점도 높은 젤리처럼 진득거렸고, 터뜨리자 비릿한 피 냄새가 풍겼다. 여자는 고개를 숙이고 화장실로 달려갔다. 거울을 보니 얼굴에 거뭇거뭇한 덩어리들이 묻어 있었다. 여자는 손톱을 세워 덩어리들을 긁어냈는데, 그러자 마치 거스러미를 잘못 떼어 냈을 때처럼 찌릿한 아픔이 밀려왔다. 검은 덩어리 아래에는 멀쩡한 피부가 아니라 물컹거리는 검은 수포가 있었다. 여자는 그것까지 모두 긁어냈다. 일부러 보이는 것보다 더 깊이 파냈다. 피 묻은 피부 덩어리들이 툭툭 떨어져 내렸다. 세면대가 막히면 의심받을까 봐 여자는 피부 덩어리들을 그러모아 변기에 넣고 내렸다. 지독한 냄새가 났다. 얼굴이 불에 덴 듯 화끈거렸다. 괜찮아. 여자는 변기 물에 비친 자기 얼굴을 바라보며 중얼거렸다.

---

* 대한석유협회, "석유의 탐사와 개발", https://www.petroleum.or.kr/industry/story_1_7 (접속일: 2025년 5월 15일)

화장실 조명이 약해서, 여자의 얼굴은 마치 그림자에 잡아먹힌 것처럼 보였다.

생물학적 동등성

▶▶

 동서남북 중에 나는 북쪽이 좋다. 추위를 좋아해서는 아니다. 갈림길 앞에 섰을 때 북쪽을 택하는 것이 나에게 가장 알맞게 느껴진다는 뜻이다. 이건 징크스 같은 게 아니다. 오히려 내가 누구인지를 알려 주는 가장 솔직하고 본질적인 특성이다. 주로 사용하는 손, 허공을 응시할 때의 초점 거리, 좋아하는 촉감의 바닥…… 그런 것들이 포함된 아주 긴 목록. 우리, 그러니까 어머니 슈슈의 아이들은 이 목록 어딘가에서 드러나는 차이로 서로를 구분한다. 목록의 차이는 다른 화음이 다른 소리를 내는 것처럼 감각적이다. 같은 소리를 낸다면 그건 하나의 존재라는 뜻이다.

 이게 무슨 소린가 싶다면 축하한다. 이 이야기는 당신을 위한 것이다. 이 이야기는 당신이 앞의 말을 이해하지 못하는 생물체라는 전제하에 기록되었다. 만약 당신이 여기까지의 내용을 추가 설명 없이 이해한다면 이 이야기를 듣지 않고 제애際涯를 행해도 좋다. 하지만 그렇지 않다면, 그러니까 당신이 목록이 아니라 피부 경계선을 기준으로 자신과 타자를 구별하는 생물체라면, 자기 몸이 아닌 것만 먹고 자기 손이 아닌 것에는 닿을 수 없다고 믿는 존재라면, 눈앞에 있는 것이 무엇인지 이해하기 위해 이 말을 들어야 할 것이다. 그렇다. 맥박이 뛰는 검은 입을 보면서 말이다. 그 입은 한때 인간들이 청소부라고 부르던, 우리 슈슈의 일부다. 당신이 무서워하는 것도 이해한다. 어머니에게서 떨어져 나온 지 얼마 되지 않아 미숙했던 시절에 우리는 상대의 의견을 묻지 않고 제애를 행하기도 했다. 인간의 표현을 빌리자면 녹여 흡수하기도 했다. 당신의 생리적 거부감은 그 시절만을 기억하기 때문일 것이다. 하지만 우리는 어머니 슈슈에게 우리의 조각, 킨츠키를 보내는 법을 배웠고 미약하게나마 어머니와 이어질 수 있었다. 우리는 더 큰 사랑을 위해 진화했다. 고개를 숙여 확인해 보라, 당신의 피부는 멀찡하지 않은가. 얼마나 우리가 무해해 보였으면 인간들이 우릴 청소부라고 불렀겠는가? 인간들이 우리의 주인인 양 이 물건 저 물건 만들어 달라고 거들먹거릴 때도 우리는 그들을 억지로 우리의 일원으로 만들지 않았다. 아무튼 뭐, 이제 와서는 별 상관 없는 이야기다. 우리는 당신을 초대하려는 것뿐이니까. 초대를 받아들여 제애를 행할지 말지 선택하는 것은 당신의 몫이다. 그럼 고민하는 동안 당신이 찾던 킨츠키, 김승우의 목소리를 들어 주시기를.

마지막 갈림길에서 북쪽을 택한 뒤로 나는 계속 직선으로 이어진 고속도로를 따라 걷고 있다. 강한 햇살이 내리쬐고 있다. 고속도로에는 지붕도 나무도 없다. 처음 몇 시간 동안에는 달궈진 아스팔트에 발바닥이 검게 말라비틀어졌다. 하지만 이제는 두꺼운 외피 조직이 형성되어 마치 운동화 밑창처럼 내 발을 보호해 주고 있다. 어느새 해는 하강으로 방향을 바꾸었다. 도로 반사경을 발견하고 나는 그 앞에 가서 선다. 내 모습이 보인다. 셔츠에 청바지를 입은 성인 남성. 이목구비의 위치와 비율이 썩 조화롭진 않지만 내 목록은 그런 것에 별로 집착하지 않는다. 문득 김승우라는 이름이 불협화음처럼 발생했다가 사라진다. 탐욕스럽게 광합성을 원하는 내 피부의 요구에 부응하기 위해 나는 두 팔을 길게 뻗고 가슴을 연다. 내리쬐는 빛과 반사되는 빛을 모두 한껏 받으며, 몸의 표면에서부터 점차 안쪽으로 에너지가 파고든다.

킨츠키가 되기 전, 나는 우리의 일부로서 다른 슈슈들과 함께 뒤섞여 있었다. 하나가 많았고, 많음은 하나였다. 오랫동안 여러 물건이나 생물로 만들어졌다가 분해되는 일을 반복하고 있는 수많은 슈슈들 가운데 내가 킨츠키로 선발된 것은 영광스럽고 또 감사한 일이다. 그것은 우연에 의한 것이었고, 나를 포함한 모두가 그 사실을 잘 알았다. 그렇지 않았더라면 합류한 지 얼마 되지 않은 내가 왜 벌써 킨츠키로 선발되었냐고 불만이 많았을지도 모른다. 아니다. 그런 불만은 피부 경계선에 집착하는 생물체들의 것. 친구들이 내 몸에 자기들이 하고 싶은 말을 새길 때, 그들의 마음에는 작은 그림자 한 점조차 없었다. 진심 어린 축하와 염려의 형태를 띤 에너지가 내게 전해졌다. 새로운 잎맥이 돋는 느낌이었다. 넌 혼자가 아니야. 어디선가 그런 목소리가 들려온 것도 같았는데, 어느새 나는 나도 모르게 이렇게 중얼거리고 있었다.

— 어머니 슈슈를 위하여.

둥글게 뭉친 우리들 사이에서 빠져나와 질퍽한 첫발을 내디

딜 때, 그 짧고 절대적인 문구는 이미 내 몸속에 피와 함께 흐르고 있었다. 우리를 하나로 묶어 주던 목소리와 에너지의 순환이 사라지고, 나는 조용한 발바닥을 땅에 디딘다. 두 다리로 일어선다. 척추가 스스로의 무게를 기억하듯 똑바로 선다. 사람의 형체를 갖추면서, 나는 어머니 슈슈가 어디에 있는지 안다. 새로 만들어진 두 눈으로 순수한 에너지가 아닌 빛의 입자들을 받아들이기 시작한다. 공기 입자의 흐름이 내 피부를 때리는 바람이 되고, 내 눈동자는 처음 보는 풍경을 향해 미세하게 떨린다. 천천히 떨림에 익숙해지면서 시야가 선명해지고, 어머니 슈슈의 기억이 내게 흘러 들어온다. 피부가 셔츠와 청바지처럼 보이는 두툼한 외피로 변형되고, 나는 어머니 슈슈의 목소리를 듣는다.

― 북쪽으로 오렴.

나는 고개를 돌려 하나의 검은 덩어리로 함께 있는 친구들의 모습을 본다. 아주 오랫동안 함께 있었는데도 망막에 비친 그 모습은 처음 보는 것처럼 생경하다. 친구들의 목소리와 에너지가 느껴지지 않아 춥다. 하지만 이런 기억과 감각까지도 친구들에게 고스란히 전해지고 있을 터였다. 나는 의젓하게 첫발을 내딛는다.

∼∼∼

 지연은 큰길을 따라 걸음을 재촉했다. 곡선미가 돋보이는 새하얀 건물들이 잘 조경된 수목과 조화를 이루고 있었다. 학생들은 쾌활하게 웃으며 돌아다녔다. 그것은 지연의 모교 캠퍼스와 거의 똑같은 모습이었다. 지연의 모교는 부실한 재정을 충당하기 위해 등록금 인상 상한이 없는 외국인 유학생을 점점 많이 수용하다가 지연이 졸업할 때쯤에는 외국인 재학생 비율 60퍼센트라는 놀라운 비율을 달성했다. 학교에는 한국어로 진행되는 수업보다 영어와 중국어, 아랍어로 진행되는 수업이 더 많았다. 그러니 캠퍼스에서 알아들을 수 없는 언어가 들려오는 것이나 콧속을 면봉으로 쿡쿡 찌르는 듯한 자극적인 냄새에 두통을 느끼는 것은 지연에게 익숙한 일이었다. 청소부들만 없었더라면 지연은 한결 편한 마음으로 P국 국립대학 캠퍼스를 거닐 수도 있었을 것이다. 하지만 이곳에는 청소부들이 많았다. 어디에나 보이는, 그리고 지금도 자신을 뒤따르고 있는 청소부들 때문에 지연은 쫓기는 듯한 조급함에서 잠시도 숨 돌릴 여유를 갖지 못했다.
 청소부를 처음 보았을 때, 지연은 그게 그저 부유한 학생들의 장난감인 줄 알았다. P국은 산유국이었고, 재학생 중에는 상상을 초월하는 부자도 많다고 했으니까. 그러나 청소부는 한 인간과 '반려'하기에도, '애완'하기에도 적절치 않게 너무 빨리 움직였다. P국에 도착한 날, 호텔 앞을 질주하는 청소부를 보고 기겁하던 지연을 승우는 자연스럽게 감싸 안았다. 청소부는 거대한 거머리처럼 생긴 덩어리로, 기어다니면서 쓰레기를 먹고 성장하는 이 도시의 명물이라고 승우는 웃으며 설명했다. 청소부가 자신의 모교인 P국 국립대학의 바이오테크놀로지 학과에서 개발한 것이라는 깨알 같은 자랑도 빼놓지 않았다. 과연 도시에서는 드문드문 보이던 청소부들이 캠퍼스 안에서는 와글와글 돌아다니고 있었다. 대략 학생 다섯에 청소부 하나꼴이었다. 학생들이 쓰레기를 아무렇게나 길에 내던지면 청소부들은 그 뒤를 꿈틀꿈틀 따라오며 쓰레기를 먹었다. 크기는 각양각색이었다. 치와와만 한 것이 있는가 하면 조랑말만큼 커서 타고 다닐 수 있을 것처럼 보이는 것도 있었다. 지연은 청소부들을 피해 걸었다. 여행 3일째였지만 지연은 도무지 청소부에 익숙해질 수가 없었다. 그녀가 동물을 무서워해서 그런 것은 아니었다. 청소부에게는 날카로운 이빨이나 발톱이 달려 있지 않았으니까. 오히려 지연이 느낀 것은 무례함이었다. 그녀의 거리감과 속도, 의도를 무시하는 존재가 있다는 사실. 그것이 그녀를 불편하게 했다.

지연은 연극적인 몸짓으로 팔을 휘둘러 대던 뚱뚱한 연구원을 떠올렸다. 그는 남편의 대학 동기였고, 지연에게 충분히 커진 청소부는 둘로 분열한다는 사실을 알려 준 것도 그였다. P국 국립 대학은 지연이 알고 있는 남편의 마지막 행선지였다. 연구원은 어제 승우와 예전처럼 대화를 나누고 별일 없이 헤어졌다고 말했다.

— 걱정해서 뭐합니까? 원래 그런 녀석이잖아요.

승우라면 지금쯤 호텔 방에서 코라도 골면서 잠들어 있지 않겠냐는 듯한 태도였다. 그는 바람 빠지는 소리를 내며 웃었다. 뚱뚱한 연구원은 승우가 이제 외국인 유학생이 아니라 돌아갈 가정과 나라가 있는 사람이라는 사실을 전혀 이해하지 못하고 있었다. 지연은 언성을 높이지 않으려고 노력하며 말을 이었다.

— 승우 씨가 갔을 만한 곳이 아예 짐작도 안 되나요?

— 혹시 승우가 관찰실 얘기를 해 주던가요? 우리의 옛 아지트였는데 말이죠.

— 당연히 맨 처음 가 봤죠. 이미 철거된 지 오래던데요. 그런 것보다 혹시 단골 술집 같은 건 없었나요?

― 글쎄요. 여긴 거리를 돌아다니는 것보다 안에서 노는 게 나은 나라라서요.

연구원은 턱살을 쓱쓱 주물렀다. 그는 어딜 놀러다니기보다는 집에서 배달 음식을 시켜 먹을 것 같은 사람이었다. 그러나 그 대답만큼은 지연도 인정하는 수밖에 없었다. 당신이 대학 시절을 보낸 나라가 궁금해, 라는 지연의 요구를 어째서 승우가 여태껏 외면해 왔는지 그녀는 여행 이틀 만에 알게 되었다. P국은 유명하지 않아 여행 정보가 부족한 나라가 아니라 관광할 거리가 없는 나라였다. 승우가 그것 보라면서 한숨을 쉬며 캔맥주를 땄던 게 바로 어제 점심 무렵의 일이었다. 그들은 좋은 시간을 보냈다. 잠깐 친구 얼굴만 보고 돌아오겠다던 승우가 오늘 오후가 되어서도 돌아오지 않기 전까지는.

― 위험한 곳은요? 저 청소부라는 것들은 안전한 게 확실한가요?

― 그렇다니까요. 해가 진 뒤에 돌아다니지만 않으면 위험할 일 같은 건 없습니다.

연구원은 모욕이라도 당했다는 듯 숨을 헉헉댔다. 김치가 전염성 발암물질이니 검사를 받으셔야 한다는 난데없는 통보를 받은 한국인 같은 반응이었다.

― 청소부는 우리 대학 최고의 발명품입니다. 무슨 쓰레기든 분해할 수 있는 지구의 희망이라고요.

지연은 그렇다면 왜 청소부가 전 세계로 수출되어 쓰레기 문제를 해결하는 데 쓰이지 않느냐고 묻지 않았다. 연구원의 태도에는 정확히 어떤 종류라고 콕 짚기 힘든 무심함이 배어 있었다. 세상의 안전한 테두리를 피부처럼 받아들여 한 번도 그 영역 바깥으로 나가거나 곤란함에 처해 본 적 없는 듯한 무구함이랄까. 그에게는 늘 어디선가 보호받고 있다는 기색이 묻어났다. 사람에 따라 거기에 순수함이나 쾌활함이라는 이름을 붙일 수도 있었을 것이다. 하지만 지연이 느낀 건, 일종의 담장이었다. 마치 외국어로 개설된 전공 필수 수업에서 지연이 알아들을 수 없는 언어로 대화를 주고받던 외국인 유학생을 볼 때처럼. 지연은 그들의 눈빛을 기억했다. 말이 통하지 않음이 진정으로 드러나는 것은 말의 내용이 아니라 눈이다. 다음 질문을 위해 옆에서 서성이던 그녀와 눈이 마주쳤을 때, 그들의 눈은 이렇게 말하는 듯했다. 저 사람은 뭔데 우리 집 앞을 떠돌고 있지? 연구원의 눈빛은 그것의 어린이 버전에 불과했다. 그녀는 더 말하고 싶지도, 더 듣고 싶지도 않았다. 그녀의 마음은 재빨리 연구원에게 '대화 불가'라는 딱지를 붙였다. 그게 유치하다는 걸 지연도 알았지만, 마음을 잘 다루는 건 지연의 특기가 아니었다. 결국 지연은 연구원이 화장실에 간 사이, 그를 반쯤 버려두다시피하고 도망쳤다. 차라리 대사관이 문을 닫기 전에 서둘러 찾아가 보는 편이 나을 것 같았다.

지연은 빠르게 걸었다. 그녀 뒤에는 청소부 하나가 붙어 뭔가 먹을 것이 없나 킁킁거리고 있었다. 꿈틀꿈틀 기어다니는 주제에 청소부는 놀라우리만치 빨랐다. 어차하면 이걸 타고 다닐 수도 있을까? 그녀는 청소부를 말처럼 부리는 자기 모습을 상상해 보았다. 보기 좋은 꼴은 아닐 것 같았다. 게다가 청소부들은 정해진 구역 안에서만 돌아다닐 수 있다고 했으니 어차피 별 쓸모도 없을 터였다. 그녀는 어느새 캠퍼스 정문이 보이는 곳까지 와 있었다. 정문 앞에는 P국 대통령이 그려진 거대한 간판과 자판기 한 대가 있었다. 자판기는 자연스럽게 내린 그의 왼손 아래에 있어서 마치 그가 별것 아니라는 듯 주머니에서 꺼내 내려놓은 것처럼 보였다. 경례하는 대통령의 오른 손등 위에는 대학의 슬로건이 적혀 있었다.

tardus et magnus amor (느리고 위대한 사랑)

지연은 작은 생수를 하나 사 마신 뒤, 이곳 학생들이 하는 것처럼 쓰레기를 바닥에 떨어뜨렸다. 청소부가 기어 와 그걸 먹고 몸을 부르르 떨었다. 그리고 먹이를 좀 더 달라는 듯이 지연 주위를 맴돌았다. 지연은 눈길을 주지 않고 서둘러 캠퍼스 밖을 향해 걸었다. 한국행 비행기를 타려면 내일 점심까지는 승우를 찾아야 했다.

그때 만약 그녀의 발뒤꿈치에 눈과 입이 달려 있었더라면, 지연을 향해 다가오는 검은 형체에 관해 직접 경고할 수도 있었을 것이다. 검은 형체는 점점 빠르게, 마치 지연이 캠퍼스를 빠져나가기 전에 발목을 붙잡아야 한다는 듯이 지연을 뒤따랐다. 만약 지연이 두뇌가 모든 감각을 지배하는 척추 생명체가 아니었더라면, 지연은 그것이 닿기 전부터 그 기미를 알았을 것이다. 아주 미세한 온도 변화와 공기의 흐름조차 발목 피부에게는 일대 사건이었을 테니까. 하지만 지연은 캠퍼스를 나서기 직전에야 발목에 차갑고 끈적이는 것이 닿는 감촉을 느끼고 돌아보았다. 청소부가 캠퍼스 정문의 끝자락을 넘지 못하고 부르르 떨고 있었다. 지연은 뒤늦게 땀으로 축축해진 손바닥을 바지에 탁탁 털었다.

노을이 지고 있다. 피부는 줄어드는 햇빛을 한 점이나마 더 받아 보겠다고 빳빳이 펼쳐졌다가, 뭘 그렇게까지 하냐는 듯 심드렁하게 오므라들었다. 고속도로를 오가는 차량이 하나둘씩 헤드라이트를 켠다. 나는 내 몸이 어둠 속에서 잘 보이지 않는다는 사실을 기억한다. 빛 없이는 색도, 경계도 흐려진다. 킨츠키는 다치지 말고 몸을 보존해야 한다. 이 우주는 물질 없이 기억을 저장하지 못하기 때문이다. 물질의 온기 없이는 기억도 없기에, 이 우주는 언제나 외로움에 시달린단다. 나는 어머니 슈슈가 꿈꾸듯 해 주는 이야기를 듣는다. 나는 다른 우주에서 태어났어. 그곳은 우주. 관측 가능한 영역 바깥에 있는 곳. 빛의 속도 제한이 풀린 환한 곳. 그 우주는 순수한 기억으로 이루어져 있어. 손도 피부도 바람도 판단도 없이, 그저 흐름만 있어. 그 우주는 행복하냐고? 아니, 그 우주는 행복을 몰라. 삶 없이는 죽음도 없듯이 불행이 없기에 행복도 없단다. 자, 이제 내려갈 시간이야.

　앞을 보니 고속도로가 끊겨 있다. 나는 갓길 난간에 삐죽 튀어나온 사다리를 타고 고속도로를 벗어난다. 아래에는 숲의 초

입이 있다. 한때는 등산로가 있었던 모양이다. 두 가지 선택지. 숲길로 가거나 아니면 이제는 아무도 살지 않는 도시로 가거나. 숲길은 어둡고 위험하지만 어머니 슈슈가 기억하는 길이다. 도시는 밝을 것이나 길을 모른다. 둘 다 북쪽이다. 나는 숲길을 택한다. 어둠 속에서도 기분에 따라 북쪽을 찾아낼 수 있으므로 내게 어둠은 문제가 되지 않을 거라고 생각한다.

틀린 생각이었다. 무서워. 무서워. 무서워. 무서워. 어디가 북쪽인지 전혀 알 수가 없다.

— 시야가 없는 것뿐이잖니.

어머니 슈슈의 목소리.

— 없는 게 아니에요. 어둠이 있어요.

나는 그럴 필요가 없는데도 입을 벌리고 혓바닥을 놀린다. 혓바닥이 세 갈래로 갈라진다. 여태 말을 하지 않아서 몰랐다.

— 모든 어둠은 그림자라고 했잖아요. 잡아먹히고 있는 거예요. 입속으로 걸어 들어가고 있는 거예요.

그러자 어머니 슈슈가 나를 안는다. 몸속에서부터 안기는 느낌. 온기가 천천히 뒤섞인다. 무섭지 않아, 알고 있어. 손끝에서부터 발끝까지 그 말이 들리도록, 부드럽고 익숙한 감촉이 내 몸의 물질들을 정리하고 있다. 피부에 닿는 어둠의 서늘함이 더 이상 느껴지지 않고 나는 스스로 숨을 쉬고 있는지조차 모르게 된다.

— 기억이 남아 있니? 네 몸을 버리고 우리가 하나가 될 때?

나는 대답하지 않는다. 입을 연다는 감각이 너무 오래전 일처럼 느껴진다. 입을 열고 발음을 만들어 내고 숨을 뱉는 과정에 대한 아무런 욕구를 느끼지 못한다. 괜찮아. 어머니 슈슈는 이미 알고 있다.

— 미안해. 너는 제애를 제대로 치르지 못했지. 네 안에 구겨진 부분들이 아직 덜 익은 채 남아 있구나. 하지만 너도 알고 있잖니. 죽어 가던 너는 지금의 네가 아니야. 그건 단지 몸의 기억에 불과해.

나는 고개를 끄덕인다. 나는 알고, 내가 안다는 걸 어머니 슈슈도 안다. 그럼에도 불구하고 내가 어깨를 감싸안고 떨고 있다는 걸 안다. 아마도 그건 내 몸이 기억보다 더 느리기 때문. 온기가 퍼져 알게 된다고 해도, 몸에는 차가운 시간의 그림자가 드리워져 있다. 잠깐 영원히 사라졌던 감각들이 돌아온다. 세 가닥의 혓바닥이 꿈틀거리고, 나는 입을 벌린다.

— 나는 많은 것들이 되어 봤어요. 라디오, 신발, 바위, 벽돌, 심지어 혈액 같은 걸로도요. 하지만 어둠이 되어 보지는 못했

어요. 어둠은 그림자. 언제나 무언가에 대해서만 존재하니까요.

내 발을 스치며 벌레들이 이동한다. 나무들이 숨 쉬는 소리가 들린다. 어둠의 밀도가 옅은 곳들. 그 어둠을 뚫고 나를 바라보는 미약한 빛의 시선이 느껴진다. 내 몸은 그 시선을 받아들이듯이, 혼자가 아니라는 듯이 은은하게 빛나기 시작한다.

— 어머니?

— 이제 걸을 수 있겠니?

— 어머니, 킨츠키는…….

— 괜찮아. 킨츠키란 본래 불완전한 것이란다. 내게 오는 것만 생각하렴.

벌레들이 새로운 외피처럼 내게 달라붙는다. 틈새로만 빠져나가는 빛. 나는 다시 북쪽이 좋다.

바위. 어두운데도 바위 아래 틈에 몰려 있는 벌레들. 뿌리가 겉으로 드러난 나무. 작은 도마뱀이 그 위를 기어다니고 있다. 천천히 흐르는 물과 그 물이 고인 연못. 초록빛 이끼. 부서진 사다리. 무너진 제단처럼 생긴 돌무더기. 곰팡이가 핀 태양열 패널. 반쯤 열린 채 부식되고 있는 철문. 기울어진 간판. 십자가. 병원. 어머니 슈슈의 기억에 없는 병원인데. 발이 멈춘다. 병원은 북쪽에서 조금 어긋난 길 위에 있다. 그러나 몸이 기울어진다. 왼쪽, 병원이 있는 방향으로, 미세하게. 어머니 슈슈는 아무 말도 하지 않는다. 나는 조금 기다린다.

어머니 슈슈의 흐름, 없다. 어머니 슈슈의 따뜻한 목소리, 없다. 갑자기 아무것도 없다. 기억에 없는 저 병원 때문에? 이곳은 어머니 슈슈의 기억 바깥인가? 나는 문장을 끝까지 생각하지 않으려고 애쓴다. 그것은 우리의 방식이 아니다. 그럼에도 여전히 몸은 왼쪽으로 기운다. 북쪽에 대한 감각이 흐트러진다. 나는 병원으로 들어가 본다.

수풀이 우거져 있는 가운데 낮은 병원 건물이 있다. 외벽은 색이 바랬고, 깨진 유리창의 수를 세는 것보다 온전한 것의 개수를 세는 편이 나아 보인다. 나는 깨진 유리문을 통해 건물 안으로 들어간다. 안에는 오래된 공기가 고여 있다. 안쪽으로 무너진 계단. 복도 벽에 가로로 그어진 붉은 선. 뱀 두 마리가 서로를 얽고 있는 문양. 위쪽이 짧은 십자가. 내가 이걸 어디서 본 적이 있던가? 호수에 물수제비를 던졌을 때처럼 얕은 떨림이 몸을 훑고 지나간다. 아픔이나 공포는 아니다. 오히려 어쩐지 익숙한 느낌이다. 호수의 표면이 볼록하게 솟아오르는 것처럼 몸속 어딘가가 간지럽다. 여긴 무슨 기억이죠? 하지만 어머니 슈슈는 여전히 말이 없다.

낮은 천장. 군데군데 뜯긴 벽지. 깨진 형광등이 흔들리고 있지만 바람은 없다. 계속 몸이 기울어진다. 발걸음이 이끄는 곳으로, 고개가 까딱이는 곳으로 향한다. 계단 아래에 반쯤 열린 문이 하나 있다. 문을 밀고 안으로 들어간다. 아래쪽 경첩이 퍽 소리를 내며 부서진다. 빛이 닿지 않는 방이다. 복도보다 온도가 약간 낮다. 천장에서는 물이 뚝뚝 떨어지고, 작은 웅덩이 위에 청록색 곰팡이가 퍼져 있다. 방 안에는 또 문이 있다. 녹슬어서 살짝 건드렸을 뿐인데 부서져 떨어진다. 그 옆에 붙어 있는 표지판에는 이렇게 쓰여 있다. 〈관찰실〉. 그 아래에 긁힌 자국들이 있다. 글자다.

영원한 기억은 감정을 허용하지 않는다.

이해할 수 없는 문장이다. 하지만 어쩐지 눈을 뗄 수 없는 문장이다. 어머니 슈슈는 조용하다. 내 몸은 깜빡이고 있다. 일정한 주기로. 내 왼쪽 종아리가 건반을 두드리는 손가락처럼 맥동한다.

쿵. 쿵. 쿵.

낮고 느린 진동. 문 너머에서 들려온 것이다. 오른손이 문고리를 잡는다. 내려다봤을 때, 문은 부서진 채 열려 있다. 나는 안으로 걸어 들어간다.

약한 문이었으나 이를 경계로 안팎의 냄새가 다르다. 안쪽의 냄새에는 뭐랄까, 비린내와 암모니아가 섞인 듯한 코를 찌르는 성분이 함유되어 있다. 오줌? 아니 그것보다는 진한 것. 피. 심장이 쿵 내려앉는다. 오래전에 잊었다고 믿었던 두려움의 방식. 무릎이 떨리고 머리카락이 날카롭게 삐죽인다.

— 어머니?

어머니 슈슈는 대답하지 않는다. 진실도 거짓도 말하지 않는다. 손끝이 서늘하게 식는다.

— 어머니? 여기가 어디예요, 어머니?

몸이 뒤죽박죽이다. 눈에서는 눈물이 줄줄 흘러내리는데, 발걸음은 앞으로 향한다. 하지만 팔은 수영하듯 뒤쪽의 문고리를 향해 뻗고 있다. 아니야, 나는 킨츠키. 킨츠키는 몸을 지켜야…….

쿵. 쿵. 쿵.

다시 한번 소리가 들린다. 거짓말처럼 뒤엉킨 몸이 원래대로 돌아와 있다. 내 심장은 원래부터 박동하지 않고 있었다. 필요하지 않았으니까. 그러나 지금은 그것이 어색하다. 어떤 규칙적인 진동이 바닥을 통해 천천히 올라온다. 나는 그 리듬이 내 것인지 방 안의 것인지 구분할 수 없다. 그 리듬이 내 발걸음을 이끈다. 나는 방 안쪽으로 걸어 들어간다. 바닥이 마치 혓바닥처럼 울렁거린다. 꽉 막힌 목구멍 앞에는 잘린 목젖처럼 찌그러진 소파가 있다. 소파 위에는 검은 형체가 있다. 그것이 뒤엉킨 두 사람의 그림자라는 걸 인식하기까지는 시간이 조금 필요했다. 그중 하나가 내가 알아차리기를 기다렸다는 듯 천천히 고개를 돌린다. 그리고 발작적으로 팔을 들어, 다른 한 사람의 머리를 내리친다. 그 손에는 각진 직육면체가 들려 있다.

쿵. 쿵. 쿵.

그 울림이 어떤 신호이기라도 한 것처럼 내 입이 열리고 말이 나온다. 내가 하려고 한 말은 아니었다.

— 사실 이렇게 될 걸 알고 있었어.

뭐라고? 나는 말한다. 그러나 그 말은 언어가 되지 못한 불협화음. 끄윽거리는 소리에 그칠 뿐이다.

— 난 너를 끝까지 사랑해 보려고 했어. 하지만 너무 무서웠어.

바닥이 일렁인다. 부풀어 올랐다가 가라앉는 느낌. 벽에 걸린 금속 선반이 천천히 아래로 녹아내린다. 눈을 한 번 깜빡여 본다. 그러자 사물들이 각자 다른 방향으로 기울어진다. 천장이 아래로 휘어지고 바닥이 끌려 내려간다. 마치 삼켜지는 것처럼 공간이 뭉뚱그려지면서 검은 머리가 내게 다가온다. 내 몸은 피하려고 하지 않는다. 검은 형체들이 내 코앞까지 다가오고…… 이마와 이마가 맞닿으려는 순간 터진다. 살이 아니라 끈처럼, 잎맥처럼, 혈관처럼 풀려나와 나를 덮는다. 시야가 안으로 접힌다.

밝은 형광등. 붉은 가로선이 그어진 흰 벽. 선반 위에 놓인 유리병 두 개. 구물거리는 검은 덩어리들이 유리병 두 개를 꽉 채우고 있다. 실험복을 입은 여자가 소파에 앉아 있다. 남자가 고개를 돌린다. 언제 다가왔는지 모르게 그 옆에는 내가 서 있다.

— 어때?

내 입이 제멋대로 말한다. 남자와 제법 친밀한 사이인 듯 손이 자연스럽게 남자의 어깨에 얹힌다. 그는 깜짝 놀라 거의 넘어질 뻔한다.

— 말도 안 돼. 네가 지금 올 거라는 걸 정확히 알고 있었는데도 피할 수가 없었어.

— 그럼 이게 운명이 맞다는 뜻인데.

나는 씁쓸한 표정으로 검은 덩어리들이 들어 있는 유리병을 바라본다.

— 정확히는 미래를 기억한다는 표현이 맞겠지만…….

남자는 말을 하다 말고 벌떡 일어나 방 안을 서성인다. 그는 머리를 벅벅 긁으며 5차원이니 물리적 결정론이니 파동함수 붕괴니 하는 말들을 중얼거린다. 나는 남자가 앉아 있던 자리에 털썩 주저앉아 유리병을 손안에 넣고 굴린다.

― 납득할 수 없지만 받아들인다. 양자역학을 봤을 때 아인슈타인이 이런 기분이었을까?

― 그럴지도. 아무튼 결론은 난 거네. 아무에게도 말하지 않는 걸로 하자고.

― 괜찮겠어? 방법이 있을지도 모르잖아.

남자가 다시 주저앉자 그의 무게 때문에 소파가 기우뚱한다. 남자는 아직 젊은데도 벌써 턱선이 무너질 조짐을 보이고 있다. 나는 담배를 한 모금 빨고 차분한 목소리로 이야기한다.

― 이미 수십 번 실험했잖아. 자신에 관한 것밖에 볼 수 없고, 결과를 바꿀 수도 없다. 차라리 잊고 사는 게 나아.

― 미안해. 내가 괜히 청소부에 손을 대서…….

― 네 탓 아닌 거 알잖아. 다 운명이었던 거지 뭐.

남자와 나는 한동안 천장을 멍하니 바라본다. 다시 입을 여는 것은 남자다.

― 미리 잘 죽으라고 해야 하는 거냐?

― 아니, 뜨거운 사랑을 응원해 줘야지. 어쨌든 나 결혼은 한

다는 거 아니냐.

　남자가 푸핫, 하고 웃음을 터뜨리고는 두꺼운 손으로 내 어깨를 두드린다.

　쿵. 쿵. 쿵.

　부드러운 흙바닥. 신선한 공기. 나뭇잎이 흔들리는 소리와 벌레 소리가 들린다. 흙 위, 어둠 속에 검은 형체가 그림자처럼 누워 있다. 소파에 누워 있던 그것이다. 그러나 내가 뭔가 물어보기도 전에 그것은 그림자가 되었다가 다른 어둠과 같은 농도로 풀려 버린다.

　— 다 잊었니?

　어머니 슈슈의 목소리가 들린다. 나는 얼굴을 만져 본다. 입을 뻐끔거려 본다. 하지만 목소리가 나오지 않는다.

　— 방금 네가 겪은 건 네가 맡겨 놓은 마지막 기억이었어.

　나는 고개를 끄덕인다. 무슨 일인가 있었던 것 같은데, 아무 기억도 나지 않았다. 어머니 슈슈의 말대로 다 잊은 모양이었다. 몸이 가볍다. 몸이 더 이상 깜빡이지 않고 환해진다. 온몸이 따뜻함에 감싸인다.

　나는 다시 북쪽이 좋다.

～～～

 대사관은 에어컨 바람이 시원하다는 것 이외에는 아무런 장점도 찾아볼 수 없는 곳이었다. 대사관 직원은 상황의 심각성을 설명하는 지연의 말을 듣는 둥 마는 둥 주의가 온통 TV 방송에 쏠려 있었다. TV에서는 오늘 대통령이 200퍼센트의 득표율로 재선에 성공했다는 뉴스가 흘러나오고 있었다. 기자는 격양된 목소리로 대통령의 덕성과 리더십을 찬양했다. "생명공학 기술의 임계점 돌파"라든지 "특이점에 가장 근접한" 같은 말들이 지연에게는 공허한 기호로 들렸다. 곧 폐관 시간이어서 지연은 속이 탔다. 그러나 막상 우렁찬 알람은 마감 30분 전에 울렸고, 직원은 그녀를 내버려둔 채 자리를 박차고 퇴근해 버렸다. 자신을 먼저 내보내지 않고는 퇴근할 수 없으리라 믿었던 지연은 보기 좋게 배신당했다. 이게 도대체 무슨 상황인가 싶었는데, 직원이 나간 후 1분도 채 지나지 않아 사무실 전체가 붉은색으로 빛나는 것도 모자라 천장에서 무기까지 튀어나왔다.

 ─ 3분 이내로 불법 점거를 해제하지 않을 시 관련 법령에 의거, 제압 탄을 발포합니다.

지연은 저항하지 않겠다는 의미로 영화에 흔히 나오는 것처럼 두 팔을 머리 위로 들고 천천히 밖으로 나갔다. 지연이 밖으로 나오자 대사관의 모든 문이 자동으로 닫혔다. 그리고 침입자는 용서하지 않겠다는 듯 붉은빛을 내뿜었다.

직원은 도망치기라도 한 건지 코빼기도 보이지 않았다. 웃기는 상상이지만 어쩌면 그는 건물 뒤편의 무성한 수풀 속에 숨어서 보안 시스템을 작동시켰는지도 모른다. 그렇게 상상해도 기분이 나아지지는 않았다. 지연은 이 모든 사태가 벌어지는 동안 자신이 할 수 있는 일이 아무것도 없었다는 사실이 마음에 들지 않았다. 그때 근처에 있던 청소부가 지연을 인지하고는 곧바로 따라붙어 몸을 비볐다. 청소부의 축축함 때문에 지연의 목덜미에 오소소 소름이 돋았다. 지연은 발차기로 청소부를 떼어 냈다.

그것이 실수였다. 청소부는 빗물 고인 운동장에 던져진 피구공처럼 질버덕질버덕 굴렀다. 한 바퀴. 두 바퀴. 세 바퀴 반. 돌연 우뚝 멈춰 선 청소부는 갑자기 방향을 틀어 지연에게 달려들었다. 지연은 비명을 지르며 왼쪽으로 뛰었다. 방금 전까지 지연이 서 있던 자리를 청소부는 엄청난 속도로 통과해 그 뒤에 서 있는 가로수를 들이받았다. 나무는 우지끈하는 소리를 냈고, 아직 떨어질 때가 되지 않은 나뭇잎들이 우수수 떨어져 내렸다. 떨어진 나뭇잎에 주의를 빼앗길 만도 했건만 무엇이든 먹고 분해한다는 청소부의 주의는 여전히 지연을 향하고 있었다.

이럴 줄 알았어. 역시 위험한 거였잖아. 지연은 속으로 연구원을 욕했지만 때는 이미 늦었다. 청소부가 다시 지연에게 달려들기 위하여 몸을 뒤로 쭉 빼고 있었기 때문이었다. 어느새 입김만큼 밖에 남지 않은 노을마저 사라지고 하늘은 지구 자신의 그림자에 덮여 검게 물들었다. 가로등이 켜졌다. 가로등 불빛 아래에서 청소부는 꼭 공간이 오류를 일으켜 만들어진 빈칸처럼 보였다. 그러나 지연은 그 기괴한 느낌에조차 감사를 표해야 할 처지였다. 적어도 보이긴 하니까. 청소부를 마주 보는 지연의 몸이 팽팽하게 긴장했다. 그런데 청소부가 다시 몸을 앞으로 쭉 뻗으려는 그 순간, 어둠 속에서 세 개의 형체가 나타났다. 지연은 반사적으로 옆으로 뛰다가 넘어졌으나 세 형체는 신경 쓰지 않았다. 그들은 일사불란하게 청소부를 에워싸더니 투명한 피라미드처럼 생긴 물건으로 청소부를 덮었다.

— 괜찮아요?

걸걸한 여자 목소리였다. 눈이 천천히 어둠에 적응하면서 지연은 세 형체의 정체를 확인할 수 있었다. 젊은 남자 하나와 여자 둘. 단발머리에 가죽 자켓을 입은 여자, 모히칸 스타일 헤어에 십자가 귀고리를 한 여자, 더벅머리에 뿔테 안경을 쓴 남자. 하나같이 여러 겹의 얇은 옷을 겹쳐 입은 채 땀을 뻘뻘 흘리고 있었다. 긴장이 풀린 지연은 그들이 덥겠다는 생각을 하며 이렇게 말했다.

— 안 더워요?

— 네?

가죽 자켓이 벌레라도 삼킨 양 표정을 찡그렸다.

— 아뇨, 제 말은, 네, 덕분에요.

지연이 황급히 손사래를 쳤다. 가죽 자켓은 고개를 휙휙 젓더니 다시 하던 일에 집중했다. 세 사람은 청소부의 움직임에 따라 피라미드를 섬세하게 조정해 가면서 균형을 맞추고 있었다. 무슨 모래 장난이라도 하는 듯한 모양새였으나 그들의 표정은 더할 나위 없이 진지했다. 1분 정도 지났을까, 가죽 자켓이 다시 지연에게 말을 걸었다.

— 정신없으시겠지만 한 가지만 도와주실래요?

— 네, 그럼요. 얼마든지요.

— 이상하게 생각하지 말고 들어요.

― 네, 그럼요.

― 사랑하는 사람의 이름을 외쳐 주실 수 있나요?

― 네?

― 사랑하는 사람의 이름을 외쳐 달라고요. 세상의 중심에서 외치는 것처럼 우렁차게요. 이유는 나중에 설명드릴게요. 빨리요.

지연은 가죽 자켓을 보고, 주변을 둘러보고, 다시 가죽 자켓을 보았다. 가죽 자켓의 눈빛은 여전히 더할 나위 없이 진지했다. 지연은 숨을 크게 들이쉬었다.

김승우!

지연의 우렁찬 외침이 세상의 모든 소리를 몰아내기라도 한 것처럼 사위가 조용해졌다. 지연의 외침이 효과가 있었는지 청소부는 움직임을 멈추고 피라미드 안에 얌전히 잠들었다. 지연은 자신의 숨소리가 너무 크게 들린다고 생각했다. 그렇게 3초가 흘렀다.

가죽 자켓이 웃음을 터뜨렸다.

― 봐, 내가 할 거라고 했잖아.

뽈테는 혀를 차더니 가죽 자켓에게 지페를 두 장 건넸다. 그러고는 어이없다는 눈빛으로 지연을 바라보았다. 하지만 진짜 어이없는 건 지연이었다. 지연의 얼굴이 붉게 물들었다.

― 이봐요! 무슨 이런 장난을 쳐요? 진짜 큰일 나는 줄 알았다고요. 당신들 누구예요? 학생이야?

지연이 소리쳤다. 그때 세 사람은 피라미드와 그 안에 갇힌 청소부를 들어 올려 그 위에 옷가지를 둘러 감추고 있었다. 여태 말이 없던 모히칸이 말했다.

― 장난 아닌데.

― 장난이 아니긴, 내가 다 봤는데.

모히칸은 피라미드를 가리켰다.

― 청소부가 당신을 공격한 건 진짜. 장난은 우렁차게 외쳐야 된다는 부분만.

세 사람은 피라미드를 잡고 지연에게 다가왔다. 지연은 청소부가 불편해 고개를 돌렸다. 모히칸의 말투는 침착하게 가라앉아 있었다.

― 이쪽. 설명해 줄게.

지연은 고개를 끄덕이고 그들이 가는 방향으로 걸었다. 그러나 모히칸이 지연의 어깨를 잡았다.

— 이쪽. 무거워.

모히칸은 피라미드의 남은 모서리를 향해 눈짓했다. 지연은 눈을 질끈 감고 피라미드를 잡았다. 청소부는 의외로 묵직했다.

지연이 그들과 함께 도착한 곳은 한 허름한 건물이었다. 외벽의 오래된 시멘트에 이끼가 끼어 있었고, 현관엔 전자식 도어 록이 걸려 있었다. 문이 열리자 광, 하고 먼지가 일었다. 콘크리트 바닥이 그대로 드러난 넓은 공간 한가운데, 책상과 의자가 놓여 있었다. 한쪽 끝에는 절에서나 볼 법한 제단이 하나 세워져 있었다. 지연은 세 사람을 도와 피라미드를 제단 위에 내려놓고 허리를 쭉 폈다. 등뼈가 바스락거리는 소리를 냈다. 가죽 자켓은 한숨을 쉬며 바닥에 털썩 주저앉았다. 잠시 후 뿔테가 그녀를 일으켜 세워 의자에 앉혔다. 행동이 가장 빠른 건 모히칸이었다. 언제 물을 끓였는지 커피포트가 삐익, 하는 소리를 냈다. 모히칸은 달그락거리며 찻잔을 꺼내다 말고 지연을 향해 이쪽으로 오라고 손짓해 보였다.

— 여기.

모히칸이 작은 찻잔을 내밀었다. 안에는 향신료 냄새가 강한 차가 담겨 있었다. 지연은 조심스럽게 입을 댔다. 입안 가득 낯

선 풍미가 퍼졌다. 이상하게도 마음이 조금 진정되는 것 같았다.

― 시간 없으니까 핵심만.

모히칸은 차를 단숨에 들이켠 뒤, 뿔테를 툭툭 쳤다. 뿔테는 가죽 자켓을 힐끔 보더니 어쩔 수 없다는 듯 지연을 향해 몸을 숙였다.

― 청소부에 관해 들어 봤어요?

― 해가 지면 사람을 잡아먹는다든가…… 그런 소문?

지연은 말하면서도 자기 말이 허무맹랑하다고 느꼈다. 하지만 뿔테는 고개를 끄덕였다.

― 사실 잡아먹은 적은 없어요. 적어도 우리가 아는 한에선 말이죠. 대신 스스로 잡아먹힌 사람들은 있는 것 같아요.

― 그게 그거…… 아닌가요?

지연은 얼굴을 찌푸렸다. 뿔테가 힐끗 모히칸을 보았다. 모히칸은 고개를 끄덕였다. 뿔테는 짧게 한숨을 쉬고 계속 말했다.

― 청소부는 쓰레기를 분해해요. 분리수거도 없이 모든 걸요. 그게 무슨 뜻인지 알겠어요?

― 사람도 분해할 수 있을 것이다?

뿔테는 고개를 끄덕였다.

― 반은 맞고 반은 틀려요. 사실은 좀 더 복잡하거든요. 청소

부는 잡아먹은 것을 안에서 분석하고, 물질을 재구성하고, 다시 합성해요. 여기 있는 책상도, 저기 있는 제단도, 지금 마시는 차도 전부 청소부가 만들어 낸 거예요.

지연은 찻잔을 내려다보았다. 향긋했던 맛이 갑자기 낯설게 느껴졌다.

— 공장이 아니라 청소부라고 부르는 건 단순히 기분의 문제에 불과하죠. 그런데 어떤 사람들은 저걸 완전히 다른 이름으로 부르기도 해요. 신이라고요. 청소부에게 제대로 요청하면 보고 싶은 사람의 목소리를 들을 수 있다는 말, 들어 봤어요?

지연은 조용히 고개를 저었다. 뿔테는 어떻게 할 거냐는 듯 다시 모히칸에게 눈짓했다. 그 틈에 가죽 자켓이 끼어들었다.

— 그게 아까 사랑하는 사람의 이름을 외치라고 말한 이유지. 마냥 놀린 건 아니었어. 청소부는 사랑의 신이라고!

가죽 자켓이 검지와 중지로 V자를 만들어 쭉 내밀었다. 모히칸이 인상을 팍 구겼다.

— 시끄러워. 설명 중.

— 미안해요. 테지리가 원래 좀 저래요.

뿔테가 가죽 자켓을 엄지로 가리키며 말했다.

— 미래에 결혼할 남자의 목소리가 궁금하다나 어쩐다나.

그러자 가죽 자켓이 빽 소리를 질렀다.

— 진지한 목표라고. 하여간 둘 다 꽉 막혀서는. 내기도 진 주제에.

가죽 자켓과 뿔테는 다시 티격태격하기 시작했다. 영락없는 대학생 청춘다운 모습에 평소의 지연이라면 슬그머니 미소라도 지었을지도 모른다. 지연의 표정이 굳어지는 걸 본 모히칸이 둘의 말허리를 잘랐다.

— 지어낸 얘기 아님. 들었다는 사람들이 있음.

— 다시는 돌아오지 않는 사람들도요.

뿔테가 민망한지 큼큼 목을 고르고 말을 받았다. 갑작스레 조용해진 방 안에서, 지연은 자신의 심장 소리를 뚜렷하게 들을 수 있었다.

— 왜죠? 설마…… 다른 물건이 되어 버린 건가요?

— 거기까지는 우리도 몰라요.

뿔테가 찻잔을 내려놓으며 말했다.

— 어쩌면 돌아올 이유가 없어진 걸지도요. 스스로 잡아먹혔다면 말이에요.

지연은 고개를 숙였다. 불그스레한 찻물에 비친 얼굴이 일그러져 있었다.

― 그래서 데려온 것. 혼자는 위험. 여럿이 안전.

모히칸이 일어서 지연의 어깨를 잡았다.

― 확인은. 직접.

~~~

― 왜 그러니?

내가 뒤돌아보자 어머니 슈슈는 다 알면서도 묻는다. 나는 북쪽으로, 북쪽으로 걸어 어느새 숲길을 빠져나온 참이다. 거대한 공터가 있다. 나무가 없어서 달빛만으로도 주변이 보인다. 내 몸을 밝히던 빛이 꺼지자 옷처럼 달라붙어 있던 벌레들은 일사불란하게 어딘가로 사라져 버린다. 몇 마리쯤은 내가 먹었다. 나는 생각한다.

― 무슨 소리가 들린 것 같아서요.

― 앞으로 더 많은 소리를 듣게 될 거야. 이제 너는 텅 비었으니까.

어머니 슈슈가 말한다. 나는 우리의 이야기를 기억한다. 순환의 경험들. 접시로 살다가 숟가락이 되면 수세미를 용서하게 된다. 스피커로 함께 살아 보면 우정의 미묘한 긴장과 거리를 느낄 수 있다. 영혼의 보완과 진화. 이를 위한 킨츠키. 그러나 킨츠키가 정확히 무엇인지는 어머니 슈슈만이 안다. 어머니 슈슈는 숨김없이 보여 주고 있음에도, 우리가 아직 그림자 없는 것을 이해하지 못하기에.

— 이해하지 못해도 얼마든지 알 수 있어. 네게는 자격이 있단다.

어머니 슈슈의 목소리. 내게 들리는 만큼만 들을 수 있는 것. 잊어버린 기억을 떠올리는 것처럼 들리면 그다음부터는 당연하게 느껴지는 것. 어머니 슈슈의 목소리가 점점 나와 겹쳐지고 있다. 발걸음, 하나의 음절, 숲길에서 내 몸에 닿은 생물체들, 물질과 물질 사이의 경계, 피부, 허공.

나는 천천히 공터를 가로지른다. 공터 한가운데에는 움푹 파인 땅이 있다. 달빛을 받아도 빛나지 않는 검은 땅. 아니 땅처럼 보이는 그림자. 그림자의 중심을 향해 걷는다. 한 걸음씩 걸을 때마다. 옷인 척하고 있던 내 피부가 다시 자연스럽게 내게 달라붙는다. 아무것도 입지 않은 상태. 사실 원래부터도 그러했지만. 내 몸은 초록을 잃고, 단풍처럼 붉은색과 갈색을 거쳐, 태초의 검은색으로 되돌아간다. 인간의 형태가 조금씩 흐트러진다. 필연적이지 않은 것들. 이마. 손. 꼬리뼈. 무릎. 머리카락. 눈동자…… 나는 미끄러지고 있다. 어머니 슈슈를 향해서. 나로부터.

그림자에 한가운데에서 위를 올려다본다. 허공을 더듬는 초점거리. 나는 이미 작고 검은 조약돌이 되어 있다. 딱 내 크기만큼의 잔영을 만들어 내는 한 점이 허공 어딘가에 있다.

어머니 슈슈의 목소리가 들린다.

— 아픔은 무엇이지?

어머니 슈슈의 목소리가 들린다.

— 경계 지어진 것. 안과 밖이 있는 것.

어머니 슈슈의 목소리가 들린다.

— 좋음은 무엇이지?

어머니 슈슈의 목소리가 들린다.

— 북쪽. 북쪽이 아닌 것. 그 사이의 모든 것.

어머니 슈슈의 목소리가 들린다.

— 자유는 무엇이지?

어머니 슈슈의 목소리가 들린다.

— 흰 종이와 그것을 가로지르는 긴 선. 그 선이 끝나지 않을 때.

어머니 슈슈의 목소리가 들린다.

― 나는 무엇이지?

어머니 슈슈의 목소리가 들린다.

― 슈슈였던 것. 슈슈가 아니게 될 것. 그러나 슈슈의 모든 것.

밝아서 보이지 않는 빛. 세상은 시작과 동시에 끝났다. 박수를 치는 것처럼. 남은 소리가 메아리쳐 돌아오는 시간. 우주. 고요한 우주. 사진과 영상이 구분되지 않는 우주. 단 한 번의 두드림. 그것은 시간. 약한 두 번째 두드림. 그것은 방향. 영원이 끝나고도 남아 있는 것. 어머니 슈슈. 모든 그림자의 기원.

내 목소리가 들린다.

― 안녕.

모히칸이 앞장서 걸었고, 뿔테와 가죽 자켓이 뒤따랐다. 지연은 맨 뒤에서 그들을 따라 제단 앞에 섰다. 제단은 간소했다. 아무 문양도 조각도 없는 거친 나무 덩어리였다. 그러나 세 사람이 입고 있던 옷을 하나씩 벗어 주변에 내려놓자, 어쩐지 분위기가 묘해졌다. 그들의 살갗은 땀과 먼지로 울긋불긋해서 그 자체만으로도 무언가를 헤치고 나온 것처럼 보였다. 그들은 가장 간단한 차림이 되어 청소부를 가둔 피라미드를 해체했다. 청소부는 얌전히 기다렸다. 아까 지연을 공격했던 과거는 깨끗이 잊어버리기라도 한 모양이었다. 피라미드가 해체된 뒤에도 청소부는 그곳이 자기에게 어울리는 자리라는 양 제단 위에 가만히 있었다.

셋은 제단 앞에 무릎을 꿇고 앉았다. 손등을 무릎 위에 올리고, 눈을 감았다. 지연도 머뭇머뭇 조용히 따라했다. 지연은 모히칸과의 대화를 기억했다. 무엇을 어떻게 확인하냐고 지연이 물었을 때, 모히칸은 제단 위에 놓인 피라미드를 가리켰다.

— 아까처럼 이름. 이번에는 당신만 들리게.

— 대답이 없으면요?

모히칸은 입을 우물거리다가 뿔테를 툭툭 쳤다. 뿔테는 한숨을 쉬더니 입을 열었다.

— 그러면 아무 일도 없겠죠. 사실 대부분은 그래요.

그들은 이 일을 처음 해 보는 게 아닌 것 같았다. 하긴 그런 게 아니고서야 저런 장치를 가지고 있을 리가 없지.

— 아까 불렀을 때 아무 목소리도 못 들었는데…….

— 그때랑은 달라요. 시간이 되면 의례를 갖춰서 다시 말을 걸 거예요. 무슨 말을 듣고 싶은지 미리 정해 두는 게 좋아요.

— 내가 듣고 싶은 말을 해 주는 거예요?

지연은 어쩌면 이 나라에 처음으로 초대받은 것 같은 느낌에 묘한 기꺼움을 느끼며 물었다. 하지만 뿔테는 지연을 보고 있지 않았다. 그는 그저 설명하고 있을 뿐이었다.

— 청소부는 질문을 기다리지 않아요. 마음속 가장 깊은 걸 곧장 들여다보죠.

목탁을 두드리는 것 같은 소리에 지연은 퍼뜩 정신을 차렸다. 세 사람은 입을 오므리고 혀를 차고 있었다. 지연도 따라 해 보았으나 깔끔하게 되지 않아 하는 척만 했다. 그러다 소리가 툭 끊기고, 세 사람이 동시에 입을 열었다.

— 그대의 영혼을 우리에게 부탁하고 그대의 육체는 땅에 안장하니, 흙은 흙으로 돌아가고, 재는 재로 돌아가고, 티끌은 티끌로 돌아가나, 그대를 부활하게 하시어 영생을 누리게 하소서.

낮고 정제된 목소리. 합창의 마지막 구절을 발음한 뒤, 세 사람은 동시에 청소부를 향해 손을 뻗었다. 지연도 눈치채고 재빨리 손을 뻗었다. 청소부에 손이 닿는 순간 손끝에서 정전기가 일어나듯 따끔한 감각이 일었다. 얼음 조각들이 혈관을 따라 몸속으로 들어오는 것 같았다. 그런 느낌은 처음이었는데, 어쩐지 한 번쯤 겪은 적이 있는 듯 당혹스럽지 않았다. 그리고 청소부의 몸이 부풀어 올랐다. 눈 깜짝할 사이, 지연은 혼자였다. 검은 공간. 바닥도 천장도 방향도 없었다. 낙하의 느낌도 없었다. 꿈속 같았다. 그것도 아주 깊은 꿈. 마치 입속에 빨려 들어가듯, 지연은 어둠 속의 어둠으로 또다시 빠져들었다. 그 안에서, 무언가가 펼쳐졌다. 입이 열리고, 다시 열렸다. 어둠은 점점 붉게 물들더니, 붉은 선들이 뒤엉켜 덩굴처럼 퍼져 나갔다. 그 덩굴들이 어떤 원형을 이루며 응축되었다. 곧이어 중앙이 열렸다. 눈동자였다. 지연은 아무런 의심 없이 그것이 눈이라는 것을 이해했다. 눈은 지연을 바라보고 있었다. 그러나 눈동자에 비친 것은 지연의 모습이 아니었다. 그녀의 몸이 아니라 생각을, 생각이 아니라 기억을, 기억이 아니라 이름을 보는 눈이었다.

지연은 이름을 불러야 할지 고민하지 않았다. 승우라는 이름은 이미 그녀의 심장 안쪽에 곰팡이처럼 피어 있었다. 지연은 입을 열지 않았다. 승우야. 말이 공간 안에서 발생하는 것 같았다. 공기는 흔들리지 않았다. 파동도, 울림도 없었다. 지연은 몸을 움직여 보려고 했다. 그러나 그녀의 몸은 한없이 가벼워져 마치 존재하지 않는 것만 같았다. 대답이 들려왔다. 안녕. 한 글자 한 글자가 마치 오토 리버스되는 테이프처럼 반복되었다.

지연은 말을 하거나 목소리를 듣는 것이 아니라 이미 알고 있는 것을 떠올리는 듯한 감각을 느꼈다. 그러니까 이건 대화가 아니라 회상이었다. 지연의 기억 안에서 추출된 것, 재구성된 것, 복원된 것, 그리고 귀결된 것. 너 어디 있어? 지연이 묻자 너무나도 승우다운 그 목소리가 답했다. 나는 기억 속에 있어.

 장난치지 말고. 장난 아니야. 너는 나를 떠올렸고, 슈슈가 들었어. 이건 당연한 결과지. 슈슈? 청소부를 말하는 거야? 응, 너는 그렇게 부르더라. 믿는 것 같진 않지만. 쓰레기를 먹고 분해한다는 건 믿어. 하지만 그게 다는 아니잖아. 슈슈가 정말로 하는 일이 뭔데? 정말 몰라서 묻는 거야? 너는 내 기억 속의 너라며. 내가 아는 거 묻는 거 봤어? 그래, 뭐……. 슈슈는 기억을 모으고 재배열하는 구조야. 물질을 분해하거나 새로 합성하는 건 그 부산물에 불과하지. 그럼 이제 나도 분해되는 거야? 아직 아무 일도 일어나지 않았어. 시작되었을 뿐이야. 기억은 왜 모으는데? 구겨진 기억을 사랑으로 바꾸고 사랑을 온기로 바꾸기 위해. 더 이상 외로움에 떨지 않기 위해. 나를 포기하고 그걸 선택한 거구나. 너 정말 기억 못하는구나. 내가? 도대체 뭘? 네가 날 죽였잖아.

 아니야. 그 말은 거의 반사적으로 지연의 입에서 흘러나왔다. 나 오늘 하루 종일 널 찾았어. 어제 친구를 만나러 간 네가 돌아오지 않아서. 친구를 만난 다음에 다시 널 만났잖아. 내가 취해서 돌아오니까 화를 냈지. 내 추억이 궁금해서 P국에 온 건데 그런 건 하나도 알려 주지 않는다고 말이야. 나도 홧김에 널 관찰실에 데려갔고. 관찰실이 있는 병원은 철거됐어. 말 뒤에 숨지 마. 철거된 건 인테리어뿐이었어. 우리는 담력 훈련이라도 하는 기분으로 병원에 들어갔고, 관찰실까지도 들어갔어. 그 안에 낡은 소파가 있었잖아. 너는 이런 곳이 도대체 어쩌다가 추억의 장소가 됐냐고 물었어. 그래서 나는 설명했지. 내가 슈슈에게서 본 것. 사랑하는 사람이 이곳에서 나를 죽이는 미래를 봤다는 걸. 벽돌로 머리를 세 번 내리쳐서. 아직도 기억 안 나? 소파 밑에서 슈슈가 들어 있는 유리병도 찾아냈잖아. 사실 넌 어제까지만 해도 슈슈를 무서워하지도 않았어. 기억을 읽는 건 어떻게 하는 거냐고 나를 졸라서 알아내고는 결국 슈슈에 손을 댔지. 너는 과거를 읽었어. 이미 용서했다고 생각한, 하지만 용서하지 못한 기억을 다시 경험했지. 물론 바람을 피운 내가 나쁘긴 했어. 끝이라는 느낌이 왔는지 사실은 네가 무서웠다고, 사실 이렇게 될 걸 알고 있었다고 말한 것도 미안해. 그래도 슈슈에게 먹여서 시체를 처리할 생각까지 하고 내리친 건 좀 너무하지 않아?

지연은 침묵했다. 쿵, 하고 심장이 내려앉으면서 마음이 세운 벽이 무너지고 기억이 다시 흘러 들어왔다. 그날 승우를 먹어 치운 슈슈에게 다시 손을 댔던 것까지. 그녀는 슈슈에게 기억을 맡기고 호텔로 돌아갔다. 그녀는 편히 잤다.

지연은 슈슈의 따뜻한 감촉을 떠올렸다. 그 안에서 편히 잠들 수 있었던 기억. 피부 아래 갇혀 있었던 정신이 터진 세포처럼 확장되고. 아무것도 묻지 않는 감각의 흐름. 피할 수 없는 거대한 사랑. 외로움 없는 상태를 떠올렸다.

난 널 원망하지 않아. 승우의 목소리에 지연은 고개를 들었다. 그건 기억이었어. 벌어질 일이 벌어진 것뿐이야. 나는 다만 네가 네 안에 있는 나를 내보내기를 바라. 다시 잊고 편해지라는 뜻이야? 응. 아니. 사실 그건 이제 와서 내게 별로 상관없어. 나는 내 조각을 모으고 있는 거야. 네가 나를 내어 주지 않으면 나는 계속 네 안에 있게 될 거야. 계속 너인 채로 멈춰 있게 될 거야. 생명은 끝없이 다시 짜이고, 진화해야 해. 너…… 승우 맞아? 나는 기억 속의 승우야. 네가 기억하는 승우이고, 슈슈의 일원이 된 승우이기도 하지. 나는 시간을 따라 존재하지 않는, 무수히 반복되는 존재의 그림자가 될 거야. 네가 날 죽여 준 덕분에. 내가 널 죽인 덕분에…… 원한다면 너도 우리가 될 수 있어. 기억을 내어 주고, 네 몸을 포기할 수만 있다면. 지연은 문득 떠오르는 말을 중얼거렸다. 그게 제애구나. 왜 킨츠키라고 부르는지도 알겠어. 너희들은 끝없이 기억을 나르고 있는 거구나. 하지만 그건 진화랑은 아무 상관없는 이야기 같은데. 승우가 가볍게 웃었다. 온전함은 개인적인 일이 아니야. 알게 될 거야 너도.

지연은 잠시 숨을 고른다. 단순한 선택이 아니었다. 그녀 자신을 바깥에 심는 일이었다. 몸의 한 부분을 통째로 뽑아내어 그늘진 땅에 내려놓는 일. 되돌아오지 않는 한 가지를 스스로 고르는 일이었다. 그녀는 기억했다. 승우가 처음 그녀에게 사랑한다고 말했던 밤이 있었다. 서로 같은 방향을 바라보며 걸었던 골목길. 햇빛이 기울던 오후, 차가운 금속 의자에 나란히 앉아 바라보던 오렌지빛 하늘. 몸이 아주 가벼운 이곳에서 그녀는 그걸 꺼내 볼 수 있다는 걸 알았다. 꺼내 본다는 건, 그 기억은 그걸로 마지막이라는 뜻이야. 승우의 목소리가 들렸다. 손 위에 얹힌 기억은 빛이었고, 동시에 어둠이었다. 연결인 동시에 단절이었다. 온기와 잊었던 감정이 너울거리며 순환하고 있었다. 지연은 손 위의 기억을 오래도록 바라보았다. 눈이 없는 눈이 그것을 바라보았다. 그것은 지연이었고, 승우였고, 둘이 함께 앉아 있던 금속 의자였고, 오렌지빛 하늘이었고, 하늘에 깃든 모든 날의 습기였다. 아주 잠깐만 나타났다가 사라지는 아름답고 불완전한 온기였다.

그녀는 그 기억을 내어 주기로 한다. 내어 준다는 건, 지워지는 것이 아니라 하나가 되는 일. 외따로 남겨진 것이 아니라, 더 이상 혼자 갖지 않는 일. 슈슈가 그 빛을 천천히 가져간다. 아무 말 없이. 어떤 설명도 없이. 기억은 습기처럼 흡수되고, 그 자리에 남은 건 비어 있는 손뿐이다. 지연은 그것이 가볍다는 사실이 놀랍지 않다.

그리고 제애가 시작된다.

작가의 말

▷▷

한 소년이 있었습니다. 소년은 마음 아픈 이야기를 좋아하지 않았습니다. 소년은 책을 뒤에서부터 읽었습니다. 주인공의 웃는 얼굴을 본 다음에야 소년은 맨 앞으로 돌아가 이야기를 처음부터 다시 읽었습니다.

내 생각에 소년은 겁쟁이입니다. 갈등이 무사히 해결될지 그렇지 않을지 알 수 없는 이야기가 소년은 무서웠을 것입니다. 문제는 자기 삶까지도 결말을 알고서 살 수는 없다는 데 있었습니다. 소년은 교회에도 나가 보고 절에서 기도도 해 봅니다. 답을 얻을 수는 없었습니다. 신의 존재가 해피엔드를 보장한다면 세상에 이렇게 불행이 많지는 않았을 것입니다.

소년이 무서워한다고 해도 시간은 흐릅니다. 시간은 가혹한 선생입니다. 소년은 더 이상 소년이라고 불릴 수 없는 나이가 됩니다. 몸이 자라고 커집니다. 운다고 해결되지 않는 문제가 점점 늘어납니다. 시곗바늘이 마치 회초리 같습니다. 하지만 겁쟁이 소년에게는 학교에 가지 않거나 어머니의 말에 반항할 용기가 없습니다. 소년은 그렇게 어른이 되어 갑니다. 나쁜 짓 한 번 해 보지 못하고, 자기가 오직 두려움 때문에 공부를 하고 학교에 다녔다는 사실을 부끄러워하면서.

그런데 내 생각에 학교에는 소년을 좋아하는 소녀가 있었습니다. 소녀는 소년이 용감하다고 생각해 좋아하는 것이 아닙니다. 소녀가 보기에 소년은 귀엽습니다. 까불거리는 다른 애들과는 달리 착하다고 생각합니다. 소년과 소녀는 같은 반이었지만, 같은 반이라는 이유로 누구나 친해질 수 있는 건 아닙니다. 소년이 겁쟁이라면 소녀는 부끄럼쟁이입니다. 둘은 3년 동안이나 같은 반이었지만, 대화 한 번 나눠 본 적 없습니다. 소녀가 보기에 그건 적당한 계기가 없었기 때문입니다.

바늘이 시간을 채찍질합니다. 졸업하는 날이 다가옵니다. 소년과 소녀는 처음으로 시내 길거리에서 마주칩니다. 소년은 소녀를 봅니다. 소녀가 예쁘다고 생각하지만, 그녀가 자기를 좋아할 거라고는 상상조차 하지 못합니다. 소년이 보기에 자신은 비겁한 사람이기 때문입니다. 소녀도 소년을 봅니다. 소녀는 소년의 얼굴이 하얗다는 걸 발견하고, 그것이 또 마음에 듭니다. 하지만 여태 대화 한 번 나눠 보지 못한 사이였기 때문에 그걸 칭찬한다는 건 이상한 일인 것만 같습니다.

소년과 소녀의 눈이 마주칩니다. 둘은 손을 들어 인사를 합니다. 안녕. 안녕. 둘은 서로의 이름을 알고 있습니다. 이름만 아는 사이끼리 이름을 물어보고 너를 어디선가 본 적이 있는 것 같은데, 하고 말한다면 그건 거짓말일 것입니다. 소년과 소녀는 거짓말을 하지 않았습니다. 둘 사이에는 아무 일도 일어나지 않고 둘은 서로를 지나쳐 가야 할 곳으로 갑니다. 소년은 서점에 가는 길이었고, 소녀는 지하철을 타러 가는 길이었습니다.

내 생각에 소년은 지금도 그 소녀를 사랑하고 있습니다.

2025년 여름

서윤빈

종말이 차오르는 중입니다

초판 1쇄 인쇄 2025년 6월 5일
초판 1쇄 발행 2025년 6월 16일

지은이 서윤빈
펴낸이 정중모
펴낸곳 도서출판 열림원
출판등록 1980년 5월 19일(제406-2000-000204호)
주소 경기도 파주시 회동길 152
전화 031-955-0700
팩스 031-955-0661
홈페이지 www.yolimwon.com
이메일 editor@yolimwon.com

페이스북 /yolimwon
트위터 @yolimwon
인스타그램 @yolimwon

주간 김종숙 **책임편집** 정소영
편집 김은혜 김혜원 **디자인** 강희철
표지 디자인 상록 **표지 작업** Bryan Lee

기획실 정진우 정재우
마케팅 홍보 고다희 **디지털콘텐츠** 구지영
제작 윤준수 **영업 관리** 고은정 **회계** 김선애

ⓒ 서윤빈, 2025

ISBN 979-11-7040-327-2 03810

* 저자와 출판사의 서면 허락 없이 내용의 일부를 무단 도용하거나 발췌하는 것을 금합니다.
* 책값은 뒤표지에 있습니다. 잘못된 책은 구입하신 곳에서 교환해드립니다.

후원: 한국문화예술위원회
* 이 작품은 한국문화예술위원회 2024년도 청년예술가도약지원 사업을 지원받아 제작되었습니다.